Über den Autor

Karin Fruth

Guten Tag,

ich heiße Karin Fruth und lebe schon viele Jahre in Köln.
Durch meine Arbeit in sozialen Einrichtungen kam mir die
Idee zu diesem Buch

Dieses Buch ist all den Kindern gewidmet, die etwas anders sind, aber trotzdem viel Mutterliebe brauchen

Mahbata

Weltraumwesen

Karin Fruth

© 2022 Karin Fruth

Buchsatz von tredition, erstellt mit dem tredition Designer

Verlagslabel: TRAdeART

ISBN Softcover: 978-3-347-59292-6
ISBN Hardcover: 978-3-347-59293-3

Druck und Distribution im Auftrag des Autors:
tredition GmbH, Halenreie 40-44, 22359 Hamburg, Germany

Heute ist ein ganz normaler Markttag in Katerini, dem kleinen Städtchen am Rande des Olymp in Griechenland. Niemand ahnt, was sich gerade über ihnen in großer Höhe über den Wolken abspielt.

Wie ein Adler schießt ein Raumgleiter aus dem All herab, bremst stark ab, so dass die beiden Insassen mit harter Kraft in ihre Sitze gepresst werden. Der Druck lässt nach, das silberne Raumschiff blinkt kurz in der Sonne auf, blendet die ungeduldig hinaussehende Besatzung und setzt zum Sinkflug an.

„Jetzt sind wir bis auf 5000 m hinuntergegangen, sieh mal hinaus, wir sind da, das ist der ideale Standort für unser Vorhaben." Sagt Beralf und räkelt sich gemütlich in seinem Schalensitz.

Der lange Flug scheint ihm nichts ausgemacht zu haben, souverän bringt er das Fahrzeug in die Gerade und rauscht knapp am schneebedeckten Gebirgsmassiv vorbei. Der Gipfel ist wolkenverhangen und schützt sie kurze Zeit vor den Blicken der Menschen da unten. Weit unter ihnen blinkt das Meer, ringsum ist alles mit einem üppig grünen Vegetationsteppich überwachsen. Am Bergfuß schlängelt sich eine Straße wie eine offene Wunde mit vielen Fahrzeugen durch die Landschaft, auf einer Bahnlinie fährt ein kurzer

Zug heran und verschwindet in einem Tunnel, um nach kurzer Zeit wieder an der anderen Seite des Berges aufzutauchen.

„Aber Beralf, wieso hast du gerade diesen Punkt der Erde ausgesucht? Und warum keinen anderen? Meinst du wirklich, wir können es hier ausprobieren? Waren deine Recherchen wirklich ausreichend und was hast du herausgefunden? Nun sag schon was und lass dir nicht alles aus der Nase ziehen," sagt Maroulf aufgeregt und schaut gebannt aus dem Raumgleiter heraus. Tief unter ihnen taucht eine kleine griechische Stadt auf, kleine, alte Gebäude und in der Mitte liegt ein Platz, auf dem gerade viele Menschen durcheinander wimmeln.

„Sieh mal, diese kleine Stadt da unten hat genau die richtige Größe und die besten klimatischen Verhältnisse für unser Vorhaben, das Gebirgsmassiv schirmt es vor den rauen Westwinden ab, es regnet genug, das Meer ist nahe und in der Ebene davor gibt es genügend fruchtbares Ackerland. Außerdem liegt sie ziemlich allein in der Gegend und die nächste große Stadt ist ziemlich weit weg, da gibt es nicht allzu viele fremde Beobachter, die uns gefährlich werden könnten, auch das habe ich bei der Auswahl beachtet." sagt Beralf souverän, er ist schließlich ein alter Hase und außerdem hat er sich gründlich auf dieses diffizile Projekt vorbereitet, das den Fortbestand ihrer Rasse sichern soll.

„Aber reicht denn die Menschenmenge aus für unseren Plan? Wieso bist du dir da so sicher? Diese Stadt kommt mir viel zu klein vor, sollten wir nicht lieber eine größere auswählen?"

„Ich denke schon, dass es genug Menschen sind, aber was bleibt uns denn anderes übrig, was können wir denn sonst tun? Außerdem habe ich diese spezielle Menschenrasse bereits mehrfach chemisch und spektraltechnisch analysiert, sie scheint sehr gesund und langlebig zu sein, sie haben viele Kinder, mit denen sie sehr freundlich umgehen, und ihr genetischer Code stimmt zu 85 % mit unserem überein. Das gilt natürlich nur, soweit ich das vorab bei den zwei weiblichen Testpersonen und per Ferndiagnose feststellen konnte."

„Das klingt ja schon sehr gut, aber dort hinten liegt doch auch eine andere Stadt, die ist etwas größer, warum sondieren wir nicht lieber erst mal dort die Lage?"

„Maroulf, dort kann man nicht so gut landen, der große Berg davor stört. Außerdem können wir nicht mehr sehr lange überlegen, du weißt doch ganz genau, dass wir nicht mehr viel Zeit haben, die Genkulturen sterben in genau 26 Stunden ab, dann haben wir alles verloren und unsere ganze Mission war umsonst gewesen.

Wir haben so einen weiten Weg hinter uns, und ohne neue Mahbata-Kulturen ist es doch absolut sinnlos, jemals wieder auf unseren Heimatplaneten zurückzukehren, wir sind schließlich ein sterbendes Volk. Außerdem, was willst du allein dort anfangen? Dann können wir genauso gut auch hier auf unser eigenes physisches Ende warten. Es gibt nur noch diesen letzten Versuch, und der muss jetzt gleich und genau hier durchgeführt werden."

„Ja, du hast recht, für uns gibt es keine andere Chance mehr. Wir müssen endlich anfangen. In drei Monaten werden wir dann genau wissen, ob der Plan geglückt ist oder ob unser physischer Untergang damit beschlossene Sache ist. Denn ohne Nachwuchs geht's ja schließlich nicht.

Also Plan Alpha, wir landen sofort," sagt Maroulf lächelnd und stülpt sich den weißen Helm über sein schwarzhaariges Gesicht, schließt den weißen glatten Overall über seinem durchtrainierten wollhaarigen Körper und quetscht sich wieder in seinen schmalen Sitz.

Im Kontrollbord blinken ein paar bunte Lämpchen, als er die Landung einleitet und sie im Sinkflug wie ein Adler beim Beutezug auf die kleine Stadt einschwenkt und zuschießen lässt. Die Mannschaft weiß, was er zu tun hat, alles geht geräuschlos und mit großer Souveränität vor sich, denn auf ihrem langen Flug haben sie alle nötigen Handgriffe tausende Male geübt.

Das griechische Landstädtchen Katerini liegt direkt am Fuße des Olymps. Wie jeden Samstag findet hier der Wochenmarkt statt, es ist mittags und die ersten Marktfrauen packen schon wieder ihre Stände ein, da passiert das Ungeheure, das Unbegreifliche und für alle Beteiligten völlig Unerklärliche. Ein schreckliches Rauschen erfasst die ganze Stadt Katerini, etwas Dunkles rast herab und nimmt der Sonne das Licht. Wie ein Tornado wird alles durcheinander gewirbelt, Menschen, Stände, Tiere, Pflanzen werden in einen starken

Luftstrudel hineingezogen, dann sinkt alles bewusstlos zu Boden.

Als der Staub sich legt, herrscht tiefe Stille. Dort, wo vor kurzer Zeit noch buntes Markttreiben herrschte, liegen jetzt Menschen und Tiere bewusstlos zwischen den Resten der Marktstände, sie hören nicht das laute Zischen, als das Raumschiff landet und geöffnet wird, sie sehen nicht die beiden hochgewachsenen weißgekleideten Gestalten in Raumanzügen, die mit Tankrucksäcken bewaffnet herausspringen. Einer besprüht die herumliegenden Menschen ganz umständlich mit einer Flüssigkeit. Wie von Geisterhand löst sich ihre Kleidung auf, die Menschen liegen nackt auf dem Pflaster, wie Gott sie geschaffen hat.

Aus dem Tankrucksack des anderen ragt ein langer Schlauch heraus, aus dem dicker weißer Schaum quillt. Jeder Nackte wird mit Schaum vollkommen überzogen, und die riesigen Schaumberge geben zwischen den zerdrückten Obst- und Gemüseresten für kurze Zeit ein groteskes Bild ab, bis sie wieder in sich zusammenfallen. Es sieht aus, als sei der Badeschaum eines Riesen über die ganze Stadt gelaufen.

Langsam fällt der Schaum in sich zusammen, die Menschen liegen noch immer bewusstlos herum, niemand ahnt, dass die seltsamen Gestalten ihren merkwürdigen Auftrag erledigt haben, und durch einen langen Schlauch wieder in das Raumschiff hineingesaugt werden. Keiner von ihnen hört das laute Rauschen und spürt den heftigen Tornado-wirbel, als sich das Raumschiff schnell hinterher wieder von der Erde löst und in Richtung Olymp im Himmel verschwindet.

„Das war saubere Arbeit, Beralf, alles ist genau nach unserem Plan A abgelaufen, ich bin stolz auf uns. Hoffentlich klappt jetzt auch der Rest unserer Mission," jubelt Maroulf und schält sich aus dem weißen Overall, seine bernsteingelbenriesigen Augen leuchten vor Freude. In seinen schwarzen Pelz haben sich zwar schon ein paar graue Haare eingeschlichen, aber er ist immer noch ein muskulöser schöner Mahbata-Mann im besten Alter.

„Ja, das war wirklich eine gute Sache, perfekt geplant und auch ausgeführt," sagt Beralf besonnen, „diese Aktion war wirklich unsere allerletzte Chance im letzten Augenblick. Also, jetzt nichts wie zurück zur Warteposition, duschen, essen, faulenzen, und in drei Wochen wissen wir mehr. Schalte schon mal den Nachbrenner ein, die Koordinaten hast du ja schon eingegeben. Ach, was für eine herrliche Zukunft haben wir jetzt vor uns!"

Die gespenstische Ruhe auf dem Marktplatz von Katerini dauert nicht lange an, denn plötzlich ertönt ein lauter Schrei aus vielen Kehlen. Der Linienbus aus Thessaloniki ist gerade angekommen und die entsetzten Fahrgäste sehen ein schreckliches Bild vor sich.

Auf dem Marktplatz zwischen zertrümmerten Ständen liegen überall nackte schaumbespritzte Menschen, mitten zwischen geplatzten Melonen, Tomaten, Fischen und allen möglichen Dingen. Ihre Gesichter strahlen überirdisches Glück und Zufriedenheit aus. Zwischen ihnen torkeln Hühner und Enten herum, die aus ihren Käfigen ausgebrochen sind.

Gerade bewegen sich einige Menschen benommen, sie scheinen wohl gerade erst wieder zu sich zu kommen, rappeln sich mühsam hoch und als sie sich langsam aufrichten, sieht man, dass sie alle unverletzt zu sein scheinen. Aber nach und nach begreifen sie ihre groteske Situation, in der sie sich befinden und auf ihrem Gesicht malt sich Entsetzen, Angst und Schrecken aus, und als sie sich ihrer Nacktheit bewusst werden, greifen sie nach allem möglichen, was um sie herumliegt, um sich irgendwie zuzudecken.

Die ersten Rettungskräfte rasen mit Blaulicht aus dem naheliegenden Krankenhaus herbei, die Polizei ist alarmiert, sperrt die Straßen und riegelt das Städtchen Katerini weitläufig ab. Die Rettungskräfte sind völlig ratlos, als sie auf die Menschen treffen, die mit einem glücklich-dummen Gesichtsausdruck vollkommen nackt im klebrigen weißen Schaum herumsitzen.

Das seltsame Ereignis verbreitet sich wie ein Lauffeuer, die ersten Fernsehteams rücken an, Reporter schwärmen aus, suchen nach Zeugen, Interviewpartnern. Und alle jagen der Frage nach: Was ist hier eigentlich passiert, was mag sich hier abgespielt haben?

Die langsam erwachenden nackten und völlig konfusen Menschen werden in Wolldecken gehüllt und hocken verstört an den Hauswänden, sie sind vollkommen unverletzt und wohlauf. Es ist nichts aus ihnen herauszubekommen, und keiner kann sagen, was wirklich passiert war. Alle berichten nur von einem lauten Brausen und dann, die meisten schämen es sich zuzugeben, hatten sie ein unglaubliches Glücksgefühl erlebt, fast wie ein Super-Orgasmus, aber keiner kann wirklich etwas vernünftiges oder genaueres aussagen, was danach mit ihnen geschah.

Eigentlich ist hier doch gar nichts schlimmes passiert, jemand hat sich einen üblen Scherz erlaubt, und die Marktbesucher haben nur auf geheimnisvolle Weise ihre gesamte Kleidung verloren und wurden anschließend mit klebrigem Schaum bespritzt. Das ist alles. Sie brauchen sofort irgendwelche neuen Kleidungsstücke, die man ihnen ausleihen soll, und dann wollen sie sofort wieder nach Hause. Ihre gesamte Kleidung ist verschwunden und wird auch nie wieder auftauchen, das ist irgendwie peinlich, seltsam und unerklärlich, ja, aber sonst ist ihnen doch gar nichts passiert, eigentlich gar nichts.

Katerinis Marktplatz leert sich Zusehens, die betroffenen Menschen gehen in Wolldecken gehüllt herum, einige sammeln fröhlich das herumliegende Obst und Gemüse auf, fangen die herumtorkelnden Hühner und Enten ein, und gehen glücklich und zufrieden kichernd nach Hause.

Dort duschen sie sich den zähen Schaum vom Leib, ziehen sich frische Kleider an und der eine oder der andere wundert sich immer noch, was da wirklich mit ihm passiert sein könnte. Aber keiner hat auch nur einen einzigen blauen Fleck, niemand hat eine Verletzung davongetragen, kein ausgerissenes Haar, nichts tut weh, was war das bloß für ein seltsam berauschendes Erlebnis?

Die Fernsehteams ziehen irritiert ab, wie sollen sie so ein merkwürdiges Ereignis einordnen? Hat sich hier jemand einen dummen Witz erlaubt? Vielleicht hat sich die Bevölkerung von Katerini einen Spaß gemacht, um die Presse zu verulken? Vielleicht hat eine Ökogruppe ein Happening veranstaltet und die Bevölkerung als Statisten eingesetzt? Zuzutrauen wäre es ihnen ja, vielleicht war es sogar Greenpeace, die gegen Autoverkehr oder gegen schlechte Haltung griechischer Hühner demonstrieren würden. Aber hat irgendjemand denn ein Plakat oder eine Petition gelesen?

In allen Sendezentralen laufen die ersten Pressekonferenzen an, wie soll so eine Berichterstattung ablaufen, und wer ist eigentlich für diese rätselhafte Tat verantwortlich? Darf man in einer Fernsehnachricht so viele nackte Menschen zeigen, Alte, Dicke, Dünne und Kinder, verstößt das nicht irgendwie gegen die Menschenwürde? Das Innenministerium mischt sich ein, die Sendung wird abrupt abgebrochen, der Nachrichtensprecher verkündet eine Nachrichtensperre und hinterlässt damit ein noch verwirrteres Publikum. Nur in den

Abendnachrichten wird eine kurze Meldung ohne Film- oder Fotoaufnahmen gesendet.

Die Zeitungsnachrichten bringen am nächsten Morgen ein großes Foto mit der Unterschrift: „Schaumparty in Katerini", man sieht ziemlich undeutlich einen nackten Menschen mit sehr viel Schaum zwischen Obst- und Gemüseständen und zerplatzten Eierkartons. Darunter steht nur eine kleine Bildunterschrift, dass sich in Katerini ein unbekannter Schaumanschlag zugetragen haben soll, aber niemand weiß genau, was es mit dieser Schaumparty auf sich hatte. Ein weiterer Artikel oder eine Erklärung zu dem Foto fehlt vollkommen.

Unter den Opfern sind auch Eleni und ihr Vater Jannis. Mitleidige Menschen haben ihnen sofort kratzende Wolldecken übergeworfen und vollkommen irritiert versuchen sie zuerst, ihre vorbeitorkelnden Enten einzufangen. Zwei erwischen sie gerade noch, die anderen sind weg, irgendwohin abgehauen oder geklaut worden, es lohnt sich jetzt nicht mehr, weiter nach ihnen zu forschen.

Ihre Schafwolle, die sie auf dem Markt verkaufen wollten, packen sie wieder in eine Decke. Alle ihre Honiggläser sind zerbrochen und der ganze Honig hat sich klebrig auf den Boden ergossen. Einige herumliegenden Tomaten und Auberginen sammeln sie schnell noch ein und sogar ein großer Weißkohlkopf findet noch Platz in ihrem Gepäck. So beladen schleppen sie alles zu ihrem uralten Pickup, den sie am Ortsausgang geparkt haben. Zum Glück hatten sie den Autoschlüssel stecken lassen, sonst wäre er ganz gewiss verlorengegangen und sie hätten nicht abfahren können.

„Papa, was war das eben gewesen? Warum sind alle meine Kleider weg und warum klebt das schaumige Zeug so sehr? Stinken tut es zwar nicht, aber etwas ekelig war es doch, oder? Ich begreife überhaupt nichts," fragt Eleni mit hoher kindlicher Stimme.

„Eleni, mein Mädel, das weiß ich auch nicht, was das war, komm, pack die beiden Enten schnell in den Käfig, und dann steig ein, damit wir endlich wegkönnen. Damit du es weißt, in diese schreckliche Stadt fahre ich niemals wieder, das kannst du mir wirklich glauben, da leben doch nur Verrückte, uns mit Schaum zu bespritzen.

Aber warte mal, ich muss zuerst mal eine Zigarette rauchen, mir ist immer noch so wunderlich zumute," sagt Jannis und fährt sich erschrocken immer wieder über seinen langen Schnauzbart.

Das Ereignis hat ihn ziemlich aus der Bahn geworfen, wie konnte so etwas seltsames passieren? Und dann nackt auf dem Marktplatz rumzuliegen, was für eine Schande, hoffentlich hat ihn kein Bekannter gesehen, das wäre ja allzu peinlich.

„Und warum war das am Schluss so schön gewesen? Papa, hast du sowas komisches schon mal erlebt?"

„Nein, noch nie. Jetzt komm, Eleni und beruhige dich, steig doch endlich ein, wir wollen sofort nach Hause. Nichts wie weg aus dieser schrecklichen Stadt mit seinen schaurigen Ereignissen."

„Papa, mir ist ganz kalt," sagt Eleni bibbernd, und ihr Vater reicht ihr wortlos seine Jacke, die er glücklicherweise im Auto gelassen hatte. „Wickel mal die Decke etwas fester um deine Beine, dann wird dir gleich etwas wärmer. Gleich sind wir wieder zu Hause."

„Die Decke kratzt und riecht auch auf einmal so merkwürdig. Papa, was war das bloß gewesen? Wer hat so viel Schaum auf dem Marktplatz gemacht?" Auf dem ganzen Heimweg plappert Eleni unentwegt, aber Jannis, ihr Vater, hört nicht auf sie, er ist daran längst gewöhnt.

Ihre Mutter war bei ihrer Geburt vor dreizehn Jahren gestorben. Elenis Überleben war ein großes Wunder gewesen, aber zu welchem Preis? Er weiß er um ihre leichten körperlichen und geistigen Behinderungen, aber zum Glück hat sie das sonnige Gemüt einer Sechsjährigen und sie ist immer gut gelaunt, fröhlich und willig bei der Arbeit.

Aber was solls, sie ist doch schließlich seine Tochter und das Einzige, was er in seiner Bergeinsamkeit in seiner Hütte am Olymp hat. Außer den Tieren natürlich, seiner Schafherde, seinen Hunden und allen sonstigen Haustieren, die Eleni mit viel Liebe versorgt.

Nach Litochoro wird die Straße eng und voller unübersichtlicher Serpentinen, dann erreichen sie die Staubpiste und zuckeln mit ihrem uralten Gefährt gemütlich durch die vielen Schlaglöcher, biegen endlich in einem weiten grasbewachsenen Tal ab, und aus der Ferne sehen sie endlich ihre Hütte, die sich im offenen Sonnenbogen an den Hang schmiegt.

„Schau mal, da kommen schon Mischa und Rivkin, he, ihr zwei. Eleni, wieso hattest du die Hunde nicht zu Hause festgebunden? Was hätten die denn alles alleine anstellen können? Ich habe dir schon tausend Mal gesagt, dass die Hunde in den Zwinger gehören, wenn wir nicht da sind."

„Ach, Papa, die sind schon groß genug, die wissen ganz genau, was sie tun müssen. Guck doch mal, wie die sich freuen und uns begrüßen. Kommt, meine Süßen, wir sind wieder da!" ruft Eleni übermütig und reißt die Pickup-Tür auf und springt sie, nackt wie sie ist, aus dem anhaltenden Auto und läuft glücklich auf die beiden großen Hirtenhunde zu, die vor lauter Freude winselnd auf sie zugerast kommen.

Eleni streckt glücklich die Arme nach ihnen aus, das sind sie gewöhnt. Aber plötzlich bleiben sie kurz vor ihr wie versteinert stehen, ein fremder Geruch ist in ihre Nasen gestiegen. „Was ist los, kommt in meine Arme, meine Süßen," schreit Eleni laut, aber sie bleiben laut knurrend vor ihr stehen und blecken abwehrend ihre Zähne.

„He, ich bins doch, Eleni," ruft sie, aber die Hunde sind total irritiert, dieser fremde Geruch lässt sie stocken und erstarrt stehenbleiben, das ist nicht der gewohnte Eleni-Geruch, ihre Witterung zeigt etwas Feindseliges an. „Papa, was ist denn mit denen los, wieso begrüßen die mich nicht mehr? Sowas haben die doch noch nie gemacht," ruft Eleni und beginnt, zu weinen.

„Los, ihr beiden, her zu mir," ruft Jannis die beiden Hunde. Die gehorchen sofort und kommen auf ihn zugetrabt. Aber einen Schritt vorher bleiben sie ebenfalls stehen und zeigen ein ebenso feindseliges Verhalten.

„Was soll das, spinnt ihr denn! Los, zurück in eure Hütte, sonst mache ich euch Beine. Los, sofort los!" schreit Jannis laut. Was ist denn bloß in diese Tiere gefahren? Irritiert schauen sie zurück, dann trollen sie sich mit eingezogenen Schwänzen, sich immer wieder scheu nach ihnen umblickend. Jannis wirft ihnen ein paar Erdbrocken nach und jagt ihnen hinterher, sperrt den Zwinger ab, die Hunde gucken ihn nur mißtrauisch an und knurren böse aus ihrer Ecke, in der sie sich verkrochen haben.

„So, Eleni, ich glaube, ich weiß, was mit ihnen los ist. Du riechst wirklich ganz merkwürdig von dem ekligen Schaum, du gehörst in die Wanne und abgeseift. Zum Glück ist genug Wasser in den Trog nachgelaufen. Und dann ziehst du dir endlich mal was Anständiges an, so nackig kannst du wirklich nicht mehr rumlaufen, du bist kein Baby mehr. Hinterher bade ich auch, aber du fängst schon mal an. Ab in die Wanne, oder soll ich dir beim Waschen helfen?"

„Nee Papa, ich bin wirklich kein Baby mehr. Mir ist auch so komisch warm geworden, geht es dir auch so? Und riesigen Hunger habe ich auch."

„Klar, Eleni, klar, alles nacheinander, aber nun ab ins Wasser und reib dich tüchtig ab und wasch dir auch die Haare gründlich, hörst du? Hier ist Shampoo und ein dickes Handtuch."

„Ja, Papa, das mache ich sofort," sagt Eleni und stürzt sich mutig in den Trog mit eiskaltem Wasser, der draußen vor dem Haus steht, und die gleichzeitig auch als Tränke für die Schafe dient, sie wird mit Quellwasser direkt aus dem Bach gespeist. Das Wasser ist gletscherkalt, aber ihr macht es nichts aus, sie ist das von Kindheit an gewöhnt. Sie plantscht fröhlich mit ihrem dicken Schwamm und der Seife herum, dass das Wasser nur so herausspritzt.

Krebsrot klettert sie endlich heraus und frottiert sich mit den harten Handtüchern so lange, bis ihr fast die Haut vom Körper springt. Dann rennt sie, so schnell sie kann, ins Haus, in ihr Zimmer, reißt ihren kleinen Kleiderschrank auf, zerrt frische Unterwäsche, dicke Socken, eine Jeans und einen dicken bunten Pullover heraus. Sie nimmt sich einen groben Kamm und zieht ihn durch ihre kurze schwarze Bubifrisur, schmiert sich ein paar

Tropfen Olivenöl ins Gesicht und schon ist die Kosmetik erledigt.

„Papa, Papa, was gibt's zu essen?" ruft sie im Herausstürmen, jetzt fühlt sie sich endlich wieder frisch und sauber, nun braucht sie nur noch etwas essbares, dann ist sie endgültig glücklich und zufrieden.

„Das dauert noch etwas. Zuerst mal muss ich auch baden. Du kannst schon inzwischen die übriggebliebenen Linsen von gestern aufwärmen, dazu schneidest du den Kanten frisches Brot auf, das muss für heute reichen. Morgen kochen wir wieder etwas richtiges."

„Ja, das mache ich sofort. Außerdem habe ich irgendwo noch ein Stückchen Schafskäse in der Blechdose gesehen, das schmeckt gut dazu. Und wo sind die Tomaten, die wir vorhin aufgesammelt haben? Ein Salätchen schneide ich, dazu ein paar Zwiebelchen und den Schafkäse legen wir oben drauf. Oh, Papa, wir haben nicht mehr viel Olivenöl, beim nächsten Einkauf müssen wir an Olivenöl denken."

„Na, das reicht doch erst Mal für uns, oder? Bereite schon mal alles vor, ich bin gleich fertig, dieser Gestank wird immer widerlicher, kein Wunder, dass uns die Hunde vorhin abgelehnt und nicht wiedererkannt hatten."

„Ja, Papa, ja, ich mach schon mal alles fertig, das wird ein Festessen, ich habe einen fürchterlichen Hunger."

Es dauert wirklich nicht lange, als Jorgo wieder im gemütlich mollig warmen Zimmer erscheint. Die Suppe brodelt auf dem Herd und Eleni hat den Tisch gedeckt und sogar einen kleinen Blumenstrauß zur Dekoration auf den Tisch gestellt.

„ Na, dann komm, mein Poulaiki mou, setz dich und iss, ich hole schon mal den Topf vom Herd. Hm, das riecht aber superlecker, und dein Tomatensalat sieht sehr gut aus. Du bist schon eine richtig tolle kleine Hausfrau geworden."

„Was war da vorhin in Katerini passiert, Papa? Ich kapiere gar nicht mehr richtig, was da eigentlich passiert war, aber warum war ich dabei so froh gewesen? So als ob man fliegen könnte, hatte ich mich gefühlt, du dich auch?"

„Ja, Eleni, ja, nun hör schon davon auf, vergiss es einfach, hörst du? Ich fahre jedenfalls nie mehr nach Katerini, nie mehr. So was Ekliges soll uns nie mehr passieren, ich fasse es einfach nicht, was da passiert war. So, die Sonne ist gleich weg, ich muss noch zu den Tieren gehen und melken, sie warten schon so lange."

„Ja, Papa, ich möchte aber gerne mitkommen. Kann ich die Hunde wieder freilassen, meinst du, dass sie immer noch böse zu uns sind?"

„Das weiß ich nicht, wir sollten lieber vorsichtig sein, ich mache das lieber selbst," Sagt Jorgo, aber seine Befürchtung war unnötig gewesen, denn die Hütehunde kommen sofort am Zaun auf sie zugesprungen, ihre Witterung beweist ihnen, dass jetzt vor ihnen Eleni und Jorgo stehen und keine Feinde. Fröhlich springen sie hinaus, und sie zeigen jetzt kein seltsames Verhalten mehr.

Die ganze Nacht über werden sie ihr Areal zuverlässig beobachten und bewachen. Sogar die beiden Enten haben sich zwischenzeitlich wieder erholt. Fröhlich quakend watscheln sie ihrem kleinen Teich zu, den Eleni ihnen gegraben hatte. Bürzelnd schwimmen sie zwei Runden, dann verschwinden sie leise schnatternd in ihrem Stall.

Nach dem Abendessen sitzen sie gemütlich unter der dicken Platane vor dem Haus und schauen auf die Sonne, die dunkelrot hinter dem Olymp versinkt. Jorgo hat sich seinen Rotwein aus der großen Korbflasche abgefüllt, und Eleni lutscht an den Resten einer Tafel Schokolade, die sie auf dem Markt gefunden und heimlich eingesteckt hatte.

Was für eine friedliche Welt hier oben, denkt er und schaut auf die verglimmende Glut seiner Zigarette. Die Schwalben sind am Himmel verschwunden, und die ersten Fledermäuse zucken durch die schnell hereinbrechende Abenddämmerung.

Eleni hat den Kopf auf seinen Schoß gelegt und ist inzwischen fest eingeschlafen. Er wird sie wie jeden Abend in ihr Bett tragen und sie sorgfältig zudecken. Sie ist wirklich ein liebenswertes großes Kind, Gott soll sie schützen, sie soll es immer gut bei ihm haben, so lange er lebt. Der Nebel wabert von oben auf die Wiese herunter, langsam wird es ungemütlich hier draußen.

In Gedanken muss er sich immer noch schütteln, so etwas Widerliches und Seltsames wie heute wird ihm nie mehr zustoßen, in diese hässliche Stadt Katerini fährt er jedenfalls nie mehr, man kann ja auch auf einem anderen Markt etwas verkaufen.

Die ersten Sterne blinken am Abendhimmel auf und der große Wagen steht ganz im Norden. Emsig wie eine kleine Ameise wandert ein großer heller Stern blinkend quer über den Himmel und verschwindet in der Milchstraße. Komisch, denkt Jorgo, der Stern blinkt seltsam, ob das wohl ein Satellit ist, der da oben im Weltall herum kreist? Wozu soll so etwas gut sein, so etwas herumfliegen zu lassen?

Ach, die Menschen machen doch alles kaputt mit ihrem Eroberungswahn, warum lassen sie noch nicht mal das Weltall und die Sterne in Ruhe? Gibt es denn nicht genug Probleme hier auf der Erde zu lösen? Was braucht man denn mehr als das, was man hier hat? Eine Hütte, eine kleine Tochter, Schafe, also genug zu essen und zu trinken. Mehr braucht man doch nicht in diesem Leben.

In dem wandernden Stern schläft die Besatzung des Raumschiffs. Sie sind glücklich, dass der erste Teil ihres Plans gelungen ist, jetzt brauchen sie nur noch drei Wochen auf das Ergebnis zu warten.

"Guten morgen, Herr Doktor."

„Guten Morgen, Kyria Fotini, na wie geht's denn so? Was kann ich denn heute für Sie tun?" fragt Dr. Kaloyannis freundlich, als er in das Behandlungszimmer tritt, ein freundlicher alter Herr im weißen Kittel, mit weißwallenden Haaren und einer kleinen goldenen Brille auf der Nase.

Er kennt Kyria Fotini schon seit seiner Praxisgründung vor 40 Jahren, damals war sie ein hoch aufgeschossenes zwölfjähriges Mädchen mit dünnen schwarzen Zöpfen. Ja, sie hat sich mit den Jahren ziemlich in die Breite entwickelt, wie so viele griechische Landfrauen.

Seit vielen Jahren hat alles mit seinen Patienten geteilt, die guten und die schlechten Zeiten, denn er ist schon seit über vierzig Jahren Hausarzt in Katerini. Inzwischen ist er zwar schon ein bisschen müde geworden, aber er denkt einfach nicht daran, mit seinen siebzig Jahren in den Ruhestand zu treten. Die Patienten sind zu seiner Familie geworden, eine eigene hat er nicht gegründet und privat war er irgendwie immer ein Einzelgänger gewesen. Er nimmt seine Aufgabe sehr ernst und ihn kann so leicht nichts erschüttern.

„Herr Doktor, wenn ich nicht schon 55 Jahre alt wäre, würde ich meinen, ich wäre schwanger, dabei ist mein Jorgo doch schon seit zwei Jahren tot, also kann das doch gar nicht sein, oder?" sagt Frau Fotini betrübt und ihr stehen die Sorgenfalten im breiten gutmütigen Gesicht.

„Hahaha, meine liebe Fotini, na, in deinem Alter, das ist ein Witz, oder? So, dann beichte mir erst mal, wo du wirklich gewesen bist, was du mit wem angestellt hast, oder willst du etwa der Jungfrau Maria nacheifern? Das ist wirklich ein guter Witz, den du da machst. Also, meine Gute, nun sag mal, woran fehlt es dir denn wirklich?" lacht Dr. Kaloyannis.

„Mir ist in der letzten Zeit so merkwürdig zumute, in meinem Bauch hat sich was bewegt, und dicker bin ich auch geworden, ich habe schon zwei Kilo zugenommen und jeden morgen ist mir übel, das kann doch wohl kein Zufall sein, oder?" flüstert Fotini leise, damit es die hereinkommende Arzthelferin nicht hören kann.

„Nee, Fotini, das kann medizinisch einfach nicht wahr sein. Machen Sie sich mal frei, das haben wir gleich. Also, wo bewegt sich was? Oben im Bauch oder unten? Das sind doch bestimmt Blähungen, was haben Sie denn zuletzt gegessen?" fragt er belustigt.

„Nichts besonderes, wie immer. Ich esse nicht so viel, aber in den letzten drei Tagen ist es sonderbar in meinem Bauch, irgendwas stimmt da nicht." Sorgfältig befühlt der Doktor den Oberbauch, drückt in die Seiten, die Bauchdecke ist etwas verhärtet, der Daumen spürt einen Widerstand.

Seine Miene verfinstert sich etwas. „Na, meine liebe Fotini, ich fühle da zwar irgendwas, aber was das genau ist, kann ich nicht sagen. Da werde ich mal eine Überweisung für das Krankenhaus ausstellen, die sollen direkt mal röntgen und genau nachgucken, was da im Bauch los ist.

Haben Sie vielleicht in der letzten Zeit irgendetwas falsches gegessen oder etwas verschluckt? Sonst waren Sie doch immer kerngesund gewesen. Aber schlagen Sie sich mal diese blödsinnige Idee aus dem Kopf, in ihrem Alter kann man einfach nicht mehr schwanger werden, das ist bestimmt was ganz anderes."

„Ja, das denke ich auch, Herr Doktor, ja, aber was kann das denn sein?" fragt Fotini und schaut ängstlich aus, als sie sich umständlich wieder anzieht.

„So, meine gute Fotini, hier ist die Überweisung, gleich morgen früh gehen Sie zum Röntgen ins Krankenhaus und danach wissen wir mehr. Na, jetzt machen Sie sich mal keine Sorgen, im Krankenhaus werden die das schnell geklärt haben. Und dann beraten wir beide, wie es weitergeht, aber gehen Sie bald hin, nur Mut, meine Liebe. Auf Wiedersehen. So, wer ist denn der nächste bitte?" fragt er, als er aufatmend Fotini aus seinem Untersuchungszimmer hinausgeschoben hat. Ob diese Fotini auf einmal wunderlich geworden ist? Für Alzheimer scheint es doch noch etwas zu früh zu sein. Schwanger, so ein Blödsinn aber auch. Solche Wunder hat es mal in der Bibel im Alten Testament gegeben, aber doch nicht heutzutage.

„Wer ist der nächste?" fragt er ins Wartezimmer hinein.

„Herr Doktor, heute früh sind vier neue Patientinnen da, so viele auf einmal hatten wir noch nie. Komisch, heute ist gar kein Mann dabei." flüstert Maria, seine junge Sprechstundenhilfe ganz aufgeregt.

„Wer ist denn nun die nächste Patientin?" fragt er sie ungeduldig. Sie aber lacht schelmisch und flüstert: „Herr Doktor, stellen Sie sich mal vor, meine beste Freundin Margarita ist endlich schwanger geworden. Sie wartet schon seit neun Uhr und ist schon ganz nervös geworden."

„Oh, das ist aber mal eine gute Nachricht. Mädel, Margarita, herzlichen Glückwunsch, komm rein in die gute Stube. Was höre ich denn da? Mensch, zweieinhalb Jahre lang habt ihr es probiert und nun hat es endlich geklappt? Wie habt ihr das denn jetzt geschafft? Hast du ein vielleicht ein bisschen woanders nachgeholfen? Was hast du deinem Marcos denn ins Essen getan?" fragt er und lacht dröhnend über seinen eigenen Witz.

„Das weiß ich auch nicht, aber ich bin ja so froh, so froh, Herr Doktor, ich kann es gar nicht fassen, so freue ich mich darüber. Endlich ein Baby, hurra, endlich hat es geklappt."

„Na, dann werden wir gleich mal ausrechnen, wenn es soweit ist."

„Herr Doktor, das habe ich schon, das weiß ich schon ganz genau, am 19. November wird es soweit sein. Ich freue mich schon so auf mein Baby, hoffentlich ist es auch ganz gesund." Sagt Margarita mit strahlendem Augenaufschlag.

„Na prima, dann schreib ich dir gleich mal eine Überweisung zum Gynäkologen ins Krankenhaus, der macht einen Ultraschall, nur um zu gucken, ob alles o.k. ist. Und streng dich nicht so sehr an, du darfst ab sofort nichts Schweres mehr tragen, und du brauchst viel frische Luft und viel gesundes Essen, hörst du? Du bist ein bisschen blass um die Nase.

Also, Mädel, pass gut auf dich auf. Hier ist die Überweisung, und grüße deinen Marco von mir, er ist ein guter Kerl, der wird bestimmt ein guter und glücklicher Vater werden!" Überglücklich geht sie hinaus, und hört gerade noch, wie der Doktor sagt: „Die nächste bitte!"

Die nächste Patientin ist Irena, sie stammt aus einer der ärmsten Familien der Stadt, und mit 39 Jahren ist sie furchtbar dünn und verlebt und ihre besten Zeiten hat sie bereits hinter sich. „Herr Doktor, ich weiß auch nicht, wieso, aber ich bin schon wieder schwanger geworden. Dabei nehme ich seit zwei Jahren die Pille, und ich habe sie noch nie vergessen, das können Sie mir wirklich glauben."

„Irena, Irena, wo soll das denn hinführen? Sie haben doch schon sechs Kinder, nun noch ein siebentes, das können Sie gesundheitlich nicht mehr verkraften, das habe ich Ihnen doch schon vor zwei Jahren gesagt. Ich denke mal, ich muss Ihren Mann mal in die Praxis bestellen, sonst muss der zukünftig eben besser aufpassen, ist das klar?"

„Herr Doktor, bitte glauben Sie mir, ich habe doch jeden Tag die Pille genommen, es ist mir völlig unerklärlich, wie das passiert sein kann. Ich will es auch nicht, dieses neue Kind, ich will es abtreiben, ich kann nicht mehr und ich will auch nicht mehr, das ist doch kein Leben, noch ein siebtes Kind, in dieser kleinen Wohnung, und nichts Vernünftiges zu essen.

Außerdem ist mein Mann, der Andreas, schon seit über zwei Monaten auf See, also kann ich doch von ihm gar nicht schwanger sein, es ist mir völlig unerklärlich, wie das passieren konnte. Helfen Sie mir, Herr Doktor, bitte helfen Sie mir, ich kann nicht und ich will auch nicht mehr, es muss weg," stöhnt Irena und hält sich ihren beginnenden Bauch.

„Oh, meine liebe Irena, überlegen Sie doch mal, ob da nicht noch ein anderer in Frage käme. Eine Abtreibung kann ich nicht verantworten, denken Sie doch noch einmal nach und kommen Sie morgen wieder, dann machen wir eine

Überweisung beim Gynäkologen für den Ultraschall im Krankenhaus, nicht wahr?

Kopf hoch, Irena, Kopf hoch, Sie sind doch ein tapferes Mädchen, oder? Wo sechse groß werden, bekommen Sie bestimmt noch ein kleines siebentes durchgezogen, ich werde mich gleich bei der Stadtverwaltung wegen Unterstützung und einer größeren Wohnung kümmern, das verspreche ich Ihnen," sagt der Doktor kopfschüttelnd, viel weiß er nicht über diese Irena. Wer weiß, was ihr da wirklich passiert ist, aber das muss sie dann mit ihrem Mann selber ausmachen, da kann er ihr auch nicht weiterhelfen.

„So, wer ist denn jetzt die nächste Patientin? Es ist nur noch Kyria Angelina da? Na, dann kommen Sie mal herein," sagt der Doktor und schüttelt einer älteren, sehr dünnen Dame die Hand. Angelina ist die Lehrerin der Grundschule, sie ist sehr streng und bei den Kindern gefürchtet. „Na, Kyria Angelina, sind Sie etwa auch schwanger? Oder was fehlt Ihnen heute? Sie sind ein bisschen blass um die Nase, haben Sie sich wieder die Nieren erkältet? Was kann ich denn heute für Sie tun?"

„Herr Doktor, jetzt aber Schluss mit den Unverschämtheiten, ich bin doch nicht schwanger. Nein, das wissen Sie doch ganz genau, ich bin nicht verheiratet, also habe ich auch keinen Mann, und ich habe bis jetzt auch noch nie einen gebraucht," sagt sie mit spitzer und strenger Stimme.

Der Doktor lacht übers ganze Gesicht, nee, ein Mann würde garantiert auf der Stelle impotent, wenn er sich so einer Frau mehr als einen Meter nähern müsste, egal, mit welchen Absichten. „Das war doch nur ein Spaß, Kiria Angelina, aber heute Morgen haben mir schon drei Frauen erzählt, dass sie plötzlich und unvermutet schwanger geworden sind."

„Ich bin empört, Herr Doktor, aber mit solchen schmutzigen Sachen habe nun wirklich ich nichts zu tun," sagt sie mit spitzer Stimme und funkelt den Doktor grimmig an.

„War doch nur ein Witz gewesen, meine Gute. Also, was kann ich denn für Sie tun? Was fehlt Ihnen denn heute?"

„Seit zwei Tagen habe ich so ein komisches Rumoren im Bauch, außerdem habe ich zwei Kilo zugenommen. Wenn ich nur 100 g zunehme, merke ich das sofort auch ohne Waage, ich habe aber keinen Bissen zusätzlich gegessen, es ist mir völlig unerklärlich, wieso ich so viel zugenommen habe. Und mein Wohlfühlgewicht sagt mir, dass da etwas nicht stimmt."

„Na, dann machen Sie sich mal frei, Kiria Angelina, das werden wir schnell haben." Sagt der Doktor. Sorgfältig befühlt er den flachen Oberbauch, drückt in die Seiten, die Bauchdecke ist etwas verhärtet und sein Daumen spürt einen Widerstand.

„Na, da werde ich wohl gleich eine Überweisung für das Krankenhaus ausstellen, die sollen mal röntgen und genau nachgucken, was da drinnen ist. Haben Sie vielleicht irgendetwas verschluckt, einen Hühnerknochen vielleicht, sonst waren Sie doch immer kerngesund gewesen. Na, nun machen Sie sich mal keine Sorgen, das werden wir schnell geklärt haben." Auch sie erhält eine Überweisung zum Röntgen im Krankenhaus und verlässt mit hochrotem Gesicht die Praxis.

Nach der Sprechstunde sitzt der Doktor kopfschüttelnd hinter seinem Schreibtisch und starrt auf die vor ihm liegenden Karteikarten, als Maria, seine Sprechstundenhilfe hereinkommt und ihm einen Kaffee bringt. „Mensch Maria, das ist aber ein seltsamer Tag heute. Alle Patientinnen behaupten, dass irgendwas in ihrem Bauch los ist, vielleicht sind wirklich alle auf einmal schwanger geworden, wäre das nicht ein schöner Witz?"

„Wie, alle schwanger, auch Kiria Angelina, das ist doch wirklich ein Witz, oder? Nee, bei der kann ich mir das absolut nicht vorstellen, bei der würde jeder Mann sofort reiß aus nehmen." sagt sie lachend, und schaut auf die Karteikarten, die sie wegzuordnen hat. „Die ist doch schon über siebzig, das kann doch gar nicht sein! Das wäre eine medizinische Sensation!"

„Aber Sie sind heute nicht zufällig gerade schwanger geworden, oder?"

„Aber Herr Doktor, wir wollen doch erst nächstes Jahr heiraten, wir haben noch ein etwas Zeit für Kinder!" sagt sie lachend.

„Na, Gott sei Dank, da bin ich aber froh, sonst müsste ich mir schon wieder eine neue Arzthelferin besorgen, und das wäre mir sehr lästig," sagt er schelmisch, denn auf seine Maria hält er große Stücke, sie ist eine unersetzliche Kraft für ihn und seine Praxis. „Sind wir fertig, ist kein Patient mehr da? Dann wollen wir mal die Praxis abschließen, Feierabend für heute. Und morgen ist ein anderer Tag. Auf Wiedersehen, meine Gute, bis morgen. Und passen Sie gut auf sich und ihren Mann auf."

„Tschüs, Herr Doktor, das ist aber wirklich ein sehr merkwürdiger Tag heute. Ich passe doch immer auf, ich bin doch ein großes Mädchen," Sagt Maria und verlässt kopfschüttelnd die Praxis.

„Das ist wohl wahr, ein sehr seltsamer Tag, na da bin ich ja schon auf morgen gespannt, was da wohl bei den Röntgenbildern rauskommen wird," murmelt der Doktor, wäscht sich sorgfältig seine Hände, hängt seinen weißen Kittel in den Schrank, schnappt sich seine Jacke und verlässt die Praxis und schließt sorgfältig hinter sich ab. Er schaut auf die Uhr, es ist gerade erst 12 Uhr. Aber diese Sache will ihm einfach nicht aus dem Kopf gehen.

„So viele neue Schwangere auf einen Schlag, das ist doch wirklich sehr seltsam? Ach, das kann gar nicht sein, die spinnen doch alle, die Weiber sind doch alle durchgeknallt, oder? Aber so einen kuriosen Tag hat er wirklich in seiner langen Praxis noch nie erlebt.

Schon von weitem schlägt ihm der Geruch einer unsagbar guten Hühnersuppe entgegen, er braucht nur noch seiner Nase zu folgen, dann steht er mitten in der Küche, wo Kyria Maria, seine Perle, zwischen den Töpfen in dampfenden Schwaden steht und gerade mit einem riesigen Holzkochlöffel die Suppe abschmeckt.

„Oh, Herr Doktor, Sie kommen gerade richtig, ich muss heute etwas früher fertig sein, ich habe nämlich meiner Nichte versprochen, heute Nachmittag mit ihr zum Gynäkologen zu fahren.

Stellen Sie sich mal vor, das arme Mädchen, sie ist gerade erst mal 16 Jahre alt geworden, ihre Eltern hatten sie in ein Internat gesteckt, und sie hat es ohne Abschluss verlassen. Nun ist sie gerade mal wieder zwei Wochen zu Hause, und da muss es wohl irgendwie passiert sein. Sie ist wirklich keine Schönheit und sie hat auch noch nie einen Freund gehabt, aber ich kriege bestimmt noch raus, wer da seine dreckigen Pfoten mit drin hatte. Stellen Sie sich mal vor, die lügt sogar mich an, ihre Patentante, und dann behauptet sie doch glatt, noch nie einen nackten Mann gesehen zu haben."

„Ja, ja, die Jugend. Kommen Sie ruhig mit ihr mit, aber am besten sagen Sie erst mal den Eltern und in der Nachbarschaft gar nichts, ich habe da so einen seltsamen Verdacht."

„Ach, Herr Doktor, vielleicht kennen Sie sogar den Vater? Wer ist es denn? Kenne ich den auch, vielleicht ist er ein hohes Tier, ein Politiker? Oder unser Pappas? Na, der kann jedenfalls was erleben, ein unschuldiges Kind zu schwängern."

„Ich habe auch keine konkrete Idee, also kommen Sie ruhig mit ihr, und bitte, erst mal kein Wort über das Ergebnis nach draußen, ich kann Ihnen doch vertrauen, oder? Sagen sie das auch ruhig Ihrem Patenkind, sie soll außer mir mit niemandem darüber sprechen.“

Was sind das nur für merkwürdige Ereignisse, es muss irgendeinen Zusammenhang geben, aber welchen? So viele Schwangere auf einmal können auf Dauer in dieser kleinen Stadt doch gar nicht verborgen bleiben, und spätestens übermorgen würde es ganz Katerini wissen, nicht auszudenken.

„Endlich ist sie weg,“ stöhnt er und lässt sich umständlich am Küchentisch nieder, ausnahmsweise wird er hier essen. Genüsslich schaufelt er sich die Hühnersuppe direkt aus dem großen Topf, reißt dicke Stücke von einem frischen knusprigen Weißbrotbaguette herunter und tunkt sie in den Teller.

Im Backofen wartet ein großes Tapsi auf ihn, Gemista, gefüllte Paprikaschoten, Tomaten, Zuccini, lauwarm mit einem zarten Zimtaroma und einer umwerfenden Tomatensoße. Die Haushälterin kann wirklich phänomenal kochen, da kann man über andere Dinge leicht hinwegsehen." Denkt er, als er sich seufzend am Herd zu schaffen macht, um sich einen Kaffee zu kochen.

„Putzen ist nicht ihre Stärke, dieser Herd müsste mal gründlich gesäubert werden, überall kleben noch Reste der Mahlzeiten der letzten Wochen. Nach einer Stunde wankt er aus der Küche, das Essen war zu reichlich gewesen, nun kann nur noch ein Ouzo helfen.

Der Nachmittag vergeht mit einem Mittagsschläfchen, aus dem er sehr erfrischt erwacht. Gerade verschwindet die Sonne in einem riesigen Feuerball hinter dem Olymp, und sofort sind alle Ereignisse des Tages wieder da. Bis morgen früh muss er sich einfach irgendwie ablenken und abschalten.

Vielleicht kann er gleich mal im Kafeneio bei Stelio vorbeischauen und einen Kaffee trinken? Aber natürlich wird er seinen Freunden nichts über diese merkwürdigen Schwangerschaften erzählen, das gäbe ja einen Riesenaufstand bei denen. Also besser nicht ins Kafeneio gehen und nach den Neuigkeiten fragen, denn er muss sich trotzdem irgendwie ablenken.

In Gedanken versunken klemmt er sich hinter das Steuer seines uralten verbeulten Pickups, startet und fährt ans Meer. Als er am Strand am leise plätschernden Meeressaum sitzt, kann er endlich seine Gedanken sortieren. Kann das alles wirklich wahr sein, was wäre denn, wenn dieses Ereignis wirklich genauso eintreffen würde, das wäre wirklich eine Sensation.

Dann würde er in der Kirche von St. Pantaleon viele Kerzen anzünden und in der ganzen Welt würde das Wunder der fruchtbaren Stadt Katerini bekannt werden. Katerini würde Kurort werden, man würde ein Kurhaus bauen, vielleicht sogar ein viel größeres als Loutraki, und vielleicht könnte er sogar noch eine zweite Karriere als Badearzt machen?

Unvorstellbar, so eine Praxis voller reicher unglücklicher Frauen, die nach der Behandlung in der frischen und guten olympischen Bergluft in guter Hoffnung schwanger und von ihren Familien hocherfreut wieder abgeholt würden? Tausende Dankesbriefe und ein gut gefülltes Bankkonto, einen dicken Mercedes vor der Tür und ein größeres Häuschen, das wärs doch.

Wieso sollte das eigentlich nicht so sein? Die Geschichte mit der unbefleckten Empfängnis steht doch schon in der Bibel, sogar schon im Alten Testament bekam die alte Sara Nachwuchs.

Vielleicht sind den alten Damen irgendwelche Engel im Traum erschienen, die ihnen vorher so etwas angekündigt haben? Aber warum wollen sie sich dann nicht daran erinnern? Genieren sie sich etwa? Mann, ich bin Mediziner, Naturwissenschaftler, aber wenn ich meinen Verstand wieder einschalte, weiß ich, dass sowas eigentlich doch gar nicht sein kann. Und wenn doch? Aber Wunder gibt es immer wieder, wer weiß?

Die Zeit vergeht und auf leisen Sohlen schleicht die Nacht herbei. Aus dem Meer steigt ein riesig großer silbriger Vollmond aus dem Wasser, und ein kleiner silbrig glänzender Punkt wandert zuckend wie eine Ameise über den Abendhimmel.

Fröstelnd steht er noch lange am Meer, zündet sich eine Zigarette an und geht gemütlich nach Hause. Und morgen wird sich bestimmt eine Erklärung finden lassen.

Aus dem Meer steigt wie ein Feuerball die Sonne aus dem Meer und bedeckt die Erde mit goldstrahlenden Wolken. Unbemerkt von den Menschen da unten auf der Erde herrscht im Raumschiff eine beschaulich friedliche Stimmung. Fünf lange Wochen sind vergangen, für die Wartenden eine viel zu lange Zeit. Heute werden sie das Ergebnis bekommen, heute entscheidet sich der Fortbestand ihrer Art.

„Maroulf, schau doch bloß auf diesen gigantischen Sonnenaufgang, den habe ich bis jetzt nur auf der Erde gesehen. Die Zeit ist um, gibt es schon irgendwelche brauchbaren Ergebnisse?"

„Ja, gerade eben habe ich zwölf positive Signale gemessen. Zwölf neue Kinder auf einen Schlag, sie haben alle gleichzeitig ihre Stammdaten auf meinen Rechner gesendet. Bei weiteren sechs ist der Verbleib noch unklar."

„Das sind ja tolle Nachrichten. Endlich wird unsere Art nicht untergehen, ich bin ja so froh. Konntest du alle Signale fest orten? Wann werden wir sie bergen? Mit solchem Erfolg hatte ich nicht gerechnet. Diese Menschenrasse scheint wirklich sehr gesund und fruchtbar zu sein. Morgen werden die Kleinen die Frauenbehältnisse verlassen, das ist ihre gefährlichste Phase, da mache ich mir schon ein paar Sorgen.

Ach die Armen, schon am ersten Tag müssen sie solch primitive Unwägbarkeiten erleiden. Die zukünftigen Mütter sind das größte Risiko. Am besten bergen und retten wir sie sofort und fliegen gemeinsam mit ihnen zu unserem Heimatplaneten zurück, dort haben sie von Anfang an alles für ihren optimalen Fortbestand. Wer weiß, was uns hier auf dieser gefährlichen Erde alles dazwischenkommen kann."

„Du willst sofort mit den Kleinen abfliegen? Aber die Reise ist viel zu lang und zu gefährlich, und kein einziges Kleines soll zu Schaden kommen. Nein, wir sollten erst mal die Niederkunften abwarten, und sofort die Kleinen retten und sicherstellen. Wir landen in der Nähe des Ortes, die Sauerstoffwerte sind ganz passabel und der große Berg verspricht eine saubere Umwelt.

Eigentlich gibt es da unten gar nicht genug Platz für eine vorläufige Kolonie, aber fast alle anderen Gebiete auf diesem Planeten sind schon ziemlich überbevölkert. Ach, dieses ganze Menschengewimmel ist mir eigentlich ganz widerlich und unerträglich. Und wo sich keine Erdlinge aufhalten, ist Wüste, hässliches unwegsames Gebirge oder riesiges Meer. Und hast du schon überlegt, was wir hinterher mit ihren Müttern tun werden?"

„Das weiß ich auch noch nicht, es kommt auf das Verhalten der Frauen an. Wenn wir unten eine Station errichten, können wir sie vielleicht auch für die nächste Aktion nutzen, denn sie zeigen ein großes menschenfreundliches und soziales Verhalten untereinander, und ganz besonders ihrem Nachwuchs gegenüber sind sie immer sehr liebevoll und fürsorglich. Und wenn wir sie richtig unterstützen, können wir sie umsiedeln und integrieren, wir sind ja schließlich genau wie sie vernunftbegabte und intelligente Wesen.“

„Ach Berwalk, was für ein schöner Traum. Unsere Art ist gerettet, und wir werden nicht mehr einsam sein. Bald werden wir wieder eine bewohnte Heimat mit hoffnungsvollem Nachwuchs haben, fröhlichem Kinderlachen wie in früheren Zeiten. Ich bin so glücklich, bald können wir sie in die Arme schließen. Wir brauchen ein großes Volk, oder etwa nicht? Dann könnten wir später immer noch zu unserem Heimatplaneten zurückfliegen. Probieren wir es doch erst mal aus und bleiben offen für die Zukunft.“

Auf der gynäkologischen Station des Städtischen Krankenhauses in Thessaloniki steht man vor einem medizinischen Rätsel. Auf einen Schlag am gleichen Tag sind zwölf Frauen aus Katerini schwanger geworden, und alle wurden mit unklarem Befund im dritten Monat von Dr. Kaloyannis aus Katerini überwiesen.

Die alte Hebamme dort war wohl irgendwie überlastet und wollte sie nicht übernehmen, nun haben sie auf einen Schlag gleich zwölf Problemfälle mehr zu versorgen. Diese Schwangeren-Invasion sitzt nun gemeinsam und geduldig im Wartezimmer und warten darauf, endlich dranzukommen.

„Der gute Dr. Kaloyannis spinnt doch auf seine alten Tage, ob der uns verarschen will? Vielleicht will der auf seine alten Tage noch mal ein Späßchen mit uns machen? Das kann doch gar nicht sein, zwölf Schwangere auf einen Schlag zur gleichen Zeit im dritten Monat. Hast du die dir angesehen, die Hälfte von ihnen ist weit jenseits jeden gebährfähigen Alters, das kann doch nur eine Fehldiagnose sein, oder?" fragt der junge Oberarzt Dr. Spanagis die füllige ältere Hebamme Elenitsa, die unschlüssig mit den Karteikarten in der Hand vor ihm steht.

„Normal sind zwei Schwangere aus Katerini pro Monat, die wegen einer besonderen Klärung zum Ultraschall überwiesen wurden. Und jetzt gleich zwölf auf einen Schlag? Und dann sind ausgerechnet noch die meisten von ihnen Spätge-bärende über die vierzig, so viele komplizierte Fälle auf einmal, so viele Betten und Kapazitäten haben wir doch gar nicht frei, wie sollen wir das bloß mit unserem kleinen Team bewältigen?" sagt sie kopfschüttelnd und verzieht sich in die Unter-suchungsräume.

Dr. Spanagis desinfiziert sich die Hände, zieht die Gummihandschuhe über und ruft: „Na dann wollen wir mal sehen, was da in Katerini los ist. Wo ist die erste Patientin? Bitte eintreten, Schwester Elenitsa, wo sind Sie abgeblieben, ich kann doch nicht alle Patientinnen allein abfertigen. Also bitte, die erste Patientin möchte bitte eintreten," ruft er in den Krankenhausflur hinaus.

Ächzend und mit knallrotem Kopf steht Kiria Angelina auf, die dürre Lehrerin mit der spitzen

Nase, ängstlich geht sie in den Untersuchungs-raum, sie war in ihrem ganzen Leben noch nie bei einem Gynäkologen gewesen und nun soll sie diese vielen beschämenden Untersuchungen und die vielen unangenehmen Fragen nach ihrem Privatleben und ihrer Intimsphäre über sich ergehen lassen.

Schwester Elenitsa ist bereits auf den Krankenhaus-Fluren unterwegs, diese Neuigkeiten brennen ihr auf der Zunge, die kann sie einfach nicht für sich behalten. Schnell eilt sie in den Früh-stücksraum, wo gerade die anderen Schwestern der Gyn II in der Frühstückspause sitzen.

„Hallöchen, wisst ihr schon das allerneueste? Der alte Dr. Kaloyannis aus Katerini sollte endlich mal in den Ruhestand gehen, stellt euch mal vor, ich komme gerade von meinem Doc in der Sprechstunde, da sitzen doch glatt zwölf Frauen aus Katerini im Wartezimmer, sogar ein paar ältere Semester, alle haben ein Geschwulst oder unklare Bauchschmerzen oder irgendetwas ähnliches, oder sie sind wirklich schwanger, und alle wurden an uns überwiesen und müssen jetzt erst mal mit Ultraschall untersucht werden. Was ist da bloß in Katerini los, ob die wohl alle zusammen etwas Falsches gegessen haben?" sagt sie kichernd.

„Meinst du, das kommt nur vom essen? Besonders viele Störche haben die doch nicht da am Olymp, oder gab es dort eine Invasion schöner junger Männer auf einer Riesenfete mit anschließender Sexorgie? Haben wir da was verpasst? Oder waren das Athos-Mönche auf Urlaub? Die dürfen doch gar nicht, auf dem Athos gibt es doch noch nicht mal ein weibliches Huhn. Aber wer vernascht schon so alte Schachteln?"

„Oder erinnert ihr euch an die Schaumparty auf dem Marktplatz von Katerini, das ist doch jetzt die allerneueste Story. Wer weiß, manche haben so einen perversen Geschmack. Also, Elenitsa, nun sag schon, was ist da ganz genau passiert?"

„Das habe ich noch nicht herausgefunden, die sitzen einfach da im Sprechzimmer und reden noch nicht mal miteinander, obwohl sie alle aus Katerini sind. Und das witzigste ist, dass allesamt ein Handy mit dabei hatten, dass sie partout nicht abgeben wollten. Dabei wissen die doch ganz genau, dass das hier im Krankenhaus verboten ist, wieso brauchen die alten Schachteln dann ein Handy? Wen wollen die denn anrufen? Etwa die stolzen Väter? Normalerweise sind doch immer die Väter bei solchen Untersuchungen mit dabei. Heute ist keiner dabei. Das wird wirklich spannend."

„Und wie ist das denn mit den Handys rausgekommen? Haben die wirklich alle Handys?" fragt eine andere Hebamme lachend, die sich dazu gesellt hat.

„Die mussten doch alle durch die Schleuse gehen, und auf dem Gang durch die Pädiatrie steht ein dickes Schild „Handys verboten", das ist doch ganz klar, wegen der Frühchen in den Brutkästen. Ihre Handys sendeten so komische Funksignale und brachten damit den ganzen Betrieb durcheinander.

Der Pförtner sollte sie ihnen abnehmen, aber jede behauptete steif und fest, kein Handy dabeigehabt zu haben und auch noch nie eines besessen zu haben. Zwölf piepsende Frauen aus Katerini, vom Land, alle schwanger im dritten Monat, das ist doch wirklich witzig, oder etwa nicht?"

„Das glaube ich einfach nicht, dass es so was geben kann. Die meisten spinnen doch, diese Pförtner, glaub denen bloß nichts, an der Schleuse hat es schon oft einen Fehlalarm gegeben, an dem nachher nichts dran war." Sagt der junge Oberarzt, der gerade den Frühstücksraum betritt. Die Schwestern lachen laut auf, so eine Neuigkeit lässt wirklich viel Raum für die abenteuerlichsten Spekulationen offen.

„So, ich muss wieder zurück, der Doc kann doch nicht allein die Abteilung schmeißen. Ich bin schon gespannt, wie der gleich die ganzen glücklichen Mütter abfertigen wird." ruft Schwester Elenitsa und rennt zurück zum Untersuchungsraum.

Der Doc guckt ziemlich böse, als sie endlich keuchend angelaufen kommt. „Ich musste kurz noch mal raus, tut mir wirklich leid," schnauft sie und schenkt ihm einen intensiven Augenaufschlag. Mit dieser Erklärung scheint er sich zufrieden zu geben.

„Na, dann wollen wir mal anfangen, ich habe die erste Patientin in Kabine 1 gelegt. Mal sehen, was der Alte uns da für merkwürdige Fälle geschickt hat."

Schnell finden sie ihn ihre übliche Routine zurück, Hand in Hand fertigen sie eine Patientin nach der anderen ab. Nach fast vier Stunden ist das Wartezimmer leer, nun steht das gesamte Ergebnis fest, alle zwölf Frauen sind wirklich schwanger.

Das Ultraschall-Gerät zeigt überall das gleiche total verblüffende Bild, das ist noch nie dagewesen, alle Frauen müssen ungefähr im sechsten Monat schwanger sein und nicht im zweiten oder dritten, wie vom alten Kalojannis angegeben. Zwei wollen sofort abtreiben lassen, ein Kind würde für sie in ihrer besonderen Situation eine Zumutung bedeuten.

„Die Empfängnis muss kurioserweise für alle identisch in derselben Minute stattgefunden haben, sowas gab es doch früher nur bei Bhagwan-Jüngern in deren Orgien, aber wo und wann kann sowas in Katerini stattgefunden haben? Die Zeiten sind doch schon lange vorbei, also kann es sich nur um ein Wunder handeln. Oder hat irgendwas in der Zeitung gestanden, was ich nicht gelesen hatte?" fragt der Doc belustigt, und Elenitsa grinst nur noch dazu.

„Die Blutwerte und alle anderen Tests waren vollkommen in Ordnung, die Schwangerschaft wurde wirklich eindeutig für alle zwölf Patientinnen nachgewiesen. Alle Kinder werden wahrscheinlich alle am gleichen Tag zur Welt kommen. Und dazu kommt noch das fortgeschrittene Alter einiger Patientinnen, völlig unerklärlich, wie das zugegangen sein kann. Ich muss sofort zu diesen kuriosen Fällen noch ein paar Internet-Informationen einholen. Haben Sie jemals so einen Fall gehabt? Sie sind doch auch schon eine Weile im Job."

„Nee, niemals. Aber wieso haben denn alle einen falschen Empfängnistermin angeben? Wieso kommen alle so spät zur Vorsorgeuntersuchung, die erste Untersuchung hätte schließlich schon vor vier Monaten stattfinden müssen? Einige Frauen haben doch schon Kinder, die hätten es doch genau wissen müssen, was mit ihnen los ist und wie eine Schwangerschaft so abläuft. Dieser Kalojannis ist wirklich ein alter Trottel, der sollte endlich seine Praxis aufgeben, der ist doch senil, das hätte er doch wissen müssen, die Frauen sofort zur Vorsorge zu schicken, oder etwa nicht?"

„Dazu kann ich auch nichts sagen, was der Alte sich dabei gedacht hat. Etwas anderes Mal mir große Kopfschmerzen. Alle Embryos sehen total gleich aus, haben das gleiche Gewicht, wie kann das sein? Vielleicht sind sie geklont? Ich kenne keine Klinik auf der Welt, in der erfolgreiches Klonen durchgeführt wird. Und dann mit normalen Frauen, ausgerechnet in Katerini, und ohne deren Wissen, nee, das ist unmöglich. So eine Befruchtung funktioniert doch nicht über Ansteckung wie Schnupfen, oder vielleicht doch? Das wäre wirklich neu.

Sehen Sie mal auf die Ultraschall-Bilder, ich habe sie alle nebeneinander an den Leuchtschirm gehängt. Hier sind die Köpfchen aller Kleinen sind vielleicht etwas zu groß geraten, auch die Augen, das ist ja nicht so schlimm, das wächst sich raus.

Aber alle Embryos sind schon ziemlich groß und jeder hat ziemlich breite Schultern, das könnte vielleicht später zu Komplikationen führen, die wir auch bedenken müssen. Aber seltsamerweise ist das Geschlecht bei allen nur ziemlich undeutlich zu erkennen, das irritiert mich am allermeisten.

So ein Ultraschall-Foto ist nun wirklich eine eindeutige Diagnose, daran gibt es nichts zu rütteln. Oder kann es vielleicht sein, dass das Ultraschall-Gerät defekt ist? Das sollte unbedingt zuerst abgeklärt werden. Was machen wir jetzt bloß mit denen? Diese Diagnosen sind doch eindeutig und niederschmetternd, ich weiß nicht, was ich dazu sagen soll. Eine Abtreibung kommt in diesem fortgeschrittenen Zustand überhaupt nicht mehr in Frage, das können sich die Frauen abschminken."

„Was sollen wir nun als nächstes tun? So viele Geburten auf einmal können wir nicht allein stemmen, wir müssen zuerst die Klinikleitung über diese merkwürdigen Fälle informieren, diese Verantwortung kann ich nicht allein übernehmen. Evangelitsa, machen Sie sofort einen Termin beim Chef, aber dringend. Aber sagen Sie ihm nicht, um was es geht, das will ich ihm unter vier Augen sagen. Und Sie halten die Klappe, absolutes Stillschweigen, haben wir uns verstanden?"

Auch bei den Radiologen und Chirurgen des Krankenhauses herrscht inzwischen große Verwirrung. Auch bei ihnen wurden die Frauen aus Katerini mit merkwürdigen unklaren Beschwerden untersucht, und kurioserweise waren alle in einem Alter, dass eigentlich eine Schwangerschaft bei ihnen vorab schon absolut ausgeschlossen werden konnte. Die Ultraschallbilder zeigen bei jeder Patientin ein großes Geschwulst in der Gebärmutter, das einer Schwangerschaft täuschend ähnlich sieht. Natürlich behaupteten alle, in den letzten Jahren mit keinem Mann mehr verkehrt zu haben, also unmöglich schwanger sein zu können. Das ist natürlich sehr glaubhaft in ihrem Alter.

Die daraufhin sofort von der Klinikleitung einberufenen Ärzteteams fühlen sich von diesen seltsamen Diagnosen überfordert und beauftragen die Gynäkologen, die Fälle übernehmen und endgültig abzuklären, ob und wann bei diesen Frauen die Gebärmutter mit der Geschwulst entfernt werden muss.

Die Häufung dieser Fälle ist äußerst ungewöhnlich und auch sie können keine schlüssigen Erklärungen darüber abgeben. Was war in Katerini passiert? Vielleicht hatte der alte Dr. Kalojannis eine hormonelle Fehlbehandlung der Patientinnen in den Wechseljahren stattgefunden? Oder hat jemand dort das Trinkwasser vergiftet?

Der Direktor der Gynäkologie doziert, dass manche Hormone massive Tumoren erzeugen könnten, aber wieso treten die bei allen zwölf Frauen gleichzeitig auf? Niemand hatte bis jetzt von einer derartigen Häufung solcher Nebenwirkungen gehört. Das müsste der Pharmafabrik XY sofort gemeldet werden, deren Vertreter natürlich massiv in den letzten Monaten die Arztpraxen auf dem Land besucht hatten, und dabei wahrscheinlich massenweise Ärztemuster mit Hormontabletten hinterlassen hatten. Ein unverantwortliches, aber durchaus normales Verhalten der Pharmaindustrie, das kennt man ja.

Darin waren sich aber alle einig, der Alte Kalojannis sollte wirklich bald in den Ruhestand gehen, der ist nicht mehr tragbar für die ärztliche Zunft, wenn der an sämtliche alte Ladies in Katerini Hormontabletten wie Pralinen verteilt hat, ohne an eventuelle Nebenwirkungen zu denken. Es wird sofort angeordnet, eine entsprechende Meldung des Krankenhauses direkt an die staatliche Kontrollstelle zu schicken.

Der Klinikleiter betont, dass es an sich doch eigentlich um einen besonderen Glücksfall für das

Krankenhaus handelt, denn die Gynäkologie hätte sich in den letzten drei Jahren so defizitär entwickelt, dass man schon die Schließung der Abteilung erwogen hatte. So ein großer Andrang zu operierender Frauen und dann noch zwölf Schwangerschaften auf einen Schlag, das ist noch nie dagewesen.

Die vor kurzem erst stillgelegte chirurgische Abteilung nebenan wird aktiviert und dementsprechend vorbereitet, ein zusätzliches Stillzimmer muss eingerichtet werden, Babybettchen und Wäsche angeschafft werden, das sind nicht unerhebliche Ausgaben für die Klinikleitung. Aus Geheimhaltungsgründen kann das Personal nicht entsprechend aufgestockt werden, eifrig werden neue Schichtdienste eingerichtet.

Und der Klinikleiter verabschiedet die Sondersitzung mit den Worten: „Also, husch, husch, an die Arbeit, das ist eine große anspruchsvolle Aufgabe für uns und unsere Klinik, an der wir alle gemessen werden, also arbeiten wir daran. Also gehen Sie ruhig wieder an ihre Arbeitsplätze zurück, gemeinsam werden wir es schaffen. Und noch einmal, für jeden Mitarbeiter gilt ab sofort absolute Geheimhaltung, die Presse wird ausschließlich nur von der Klinikleitung beauftragt, ist das klar? Dies wird jeder Mitarbeiter schriftlich erklären, jegliche Zuwiderhandlung wird mit sofortiger Kündigung geahndet, ist das klar?"

Am späten Nachmittag fährt ein ganzer Autobus voller schwangerer und kranker Frauen wieder zurück nach Katerini, niemand spricht ein Wort. Die Lehrerin Kiria Angelina hat sich etwas abseits gesetzt. Sie hat schon für übermorgen einen Operationstermin erhalten, sie ist schließlich nicht schwanger wie die anderen da, diese Schlampen. Sie hat ein Geschwulst, das muss mit der Gebärmutter dringend entfernt werden, denn es ist schon ziemlich weit fortgeschritten.

Zwei Frauen flüstern untereinander in den vordersten Busreihen: „Na, kein Wunder, das die alte Angelina sowas hat. Die hat ja noch nie einen Mann von vorne gesehen. Die und schwanger, hahaha."

Zwei Tage später wartet Kiria Angelina im des Stadt-Krankenhauses in Thessaloniki auf ihren OP-Termin, sie ist überhaupt nicht aufgeregt, schließlich ist das ein Krankenhaus mit einem professionellen Ärzteteam. Sie muss nicht lange warten, bis die freundliche Schwester das Bett in den OP fährt, die Narkose läuft problemlos ab, sie wird mit grünen Tüchern zugedeckt, der Operationsbereich wird mit Jod eingepinselt und das

Team tritt wie immer gut gerüstet vor den Operationstisch.

„Na, dann wollen wir mal loslegen, Schwester Chrissoula, bitte das Skalpell, ich durchtrenne zuerst die Bauchdecke, ja, da ist die Gebärmutter, die ist aber ganz schön angeschwollen, hoffentlich können wir die auf einmal so entfernen. Oh, was ist das denn? Das kann doch gar nicht wahr sein, sowas," flüstert entsetzt der Gynäkologe, lässt das Skalpell fallen und starrt auf die zuckende Gebärmutter.

„Da drinnen bewegt sich etwas, sowas habe ich noch nie gesehen," flüstert entsetzt die OP-Schwester und lässt vor Schreck die Zange aus der Hand fallen. Aus der aufgebrochenen Gebärmutter der dünnen alten Frau schält sich ein schwarzes wollhaariges Köpfchen, es folgt ein Körperchen, das zappelt, fiept und heftig atmet, als es an die Oberfläche kommt. Es hängt an einer bläulichrot verfärbten pulsierenden Nabelschnur.

„Sag, dass ich nicht träume, sag, dass das nicht wahr ist, was ist das bloß?" flüstert entsetzt der Arzt. „Schnell, hol sofort den Chefarzt, aber beeil dich, mach schnell, ich weiß nicht mehr, was ich tun soll, ich bin vollkommen fertig!"

„Los, schneid erst mal die Nabelschnur durch, und tu so, als ob es ein ganz normaler Kaiserschnitt wäre, sonst verblutet die Alte uns noch unter dem Messer." sagt der junge Narkosearzt und starrt entsetzt auf das zappelnde wollhaarige Wesen und das viele Blut, das aus dem offenen Bauchraum quillt.

„Sowas kann doch gar nicht wahr sein, die ist doch mindestens sechzig, die Frau. Und das ist doch gar kein richtiges Kind, das ist ja ein schwarzes Scheusal. Oh Gott, was machen wir bloß damit, sollen wir ihm sofort den Hals rumdrehen? Mir wird ganz schlecht, sowas Scheußliches habe ich noch nie gesehen," flüstert der Gynäkologe heiser.

„Pass auf die Atmung und den Blutdruck auf, Schwester, wir müssen zuerst sofort das Blut stillen und den Bauchraum absaugen, damit wir eine Übersicht über die Situation bekommen."

„Da kommt schon die Nachgeburt, die Plazenta löst sich ganz leicht, sieh mal, alles ist in Ordnung, so wie bei einer richtigen Geburt. Wir können die Gebärmutter einfach wieder zunähen und den Bauchraum wieder schließen, genauso wie bei einem ganz normalen Kaiserschnitt. Die Plazenta werden wir sicherheitshalber aufbewahren, vielleicht kann die Pathologie etwas herausbekommen. Gib mir mal ne Schüssel."

„Du hast vielleicht Nerven, ich bin völlig fertig, das fasse ich nicht. Das kann man doch gar nicht verheimlichen, sowas. Ja, die alte Schachtel haben wir von ihrem Problem befreit, aber was machen wir mit diesem schwarzen hässlichen Viech? Einfach verschwinden lassen? Dürfen wir das überhaupt allein entscheiden?

Igitt, sieh mal, jetzt schlägt es sogar die Augen auf, es hat so fiese bernsteingelbe Augen wie eine Katze, und der ganze Körper ist wie ein Pelz voller schwarzer Haare. Wo bleibt denn endlich der Chefarzt? Verdammt, habt ihr ihm auch gesagt, dass es eilig ist, dass auf unserer Station etwas nicht stimmt? Wir müssen einen Katastrophenplan machen, wenn das an die Presse rausgeht, sind wir erledigt."

„Der Chefarzt kommt sofort, Achtung, der Blutdruck sinkt bei der Patientin rapide ab, wir brauchen eine Blutkonserve, sonst stirbt uns die Alte noch unterm Messer weg. Beeilt euch mal ein bisschen, oha, Herzflimmern, das war doch wohl zuviel für sie.

Mehr Sauerstoff, verdammt noch mal, Cardiovascogen, schnell. Ruf die Intensivstation an, frag, ob noch ein Platz frei ist, schnell!" schreit der Oberarzt und betrachtet voller Entsetzen die Monitore, die verrückt spielen. Dann geht es ganz schnell, die blaue Linie auf dem Monitor fällt ab zu einem Strich, das monotone Tuten der Anlage kündet es durch den stillen OP, Herzstillstand, exitus, aus.

„Das kann doch nicht wahr sein, die stirbt uns einfach unterm Messer weg. Carlos, was hast du gerade mit den Monitoren gemacht, spielst du etwa wieder rum? Lass das sein, wieso bringst du die Frequenzen alle durcheinander? Was soll das? Hast du etwa dein Handy in der Hosentasche dabei, du Idiot, spinnst du denn total, das darf doch wohl nicht wahr sein, das wird noch Folgen haben, mein Lieber," brüllt der Chirurg.

„Aber ich mache doch gar nichts," mault Carlos, der Anästhesist, „jetzt hat sie auch keine Hirnströme mehr, dann brauchen wir jetzt auch keine Intensivstation mehr."

„Verdammt noch mal, wo bleibt der Chefarzt?" schreit der Oberarzt in den totenstillen Raum, „habt ihr ihn persönlich gesprochen und ihm die Dringlichkeit erklärt?"

„Klar doch, habe ich, er war aber gerade bei einer Privatpatientin, also unabkömmlich, er wollte aber sofort kommen, wenn er damit fertig wäre. Ich habe ihm schon etwas zugeflüstert, aber vor der Patientin war nicht mehr möglich, wenn die das mitbekommen hätte, nicht auszudenken.“

„Verdammt, sofort rennt einer hin uns bringt ihn mir sofort her, tot oder lebendig,“ brüllt der Oberarzt. „Ich habe die Schnauze voll, er muss sofort entscheiden, was jetzt hier zu passieren hat. Das hier ist eine Katastrophe.“

„Soll ich vielleicht schon mal den OP-Plan ändern? Alle anderen Operationen absagen? Wir haben gleich noch vier weitere vorbereitete Patientinnen aus Katerini, alle mit derselben Diagnose! Sollen die jetzt wirklich noch dran kommen?“

„Um Gottes Willen, das halte ich nicht aus, was soll ich jetzt bloß tun? Das kann ich nicht allein entscheiden, das muss ein anderer tun, ich nicht, ich nicht,“ jammert der Oberarzt und lehnt sich zitternd an die Wand, ihm wird es fast schwarz vor Augen vor lauter Entsetzen. „Ruf schon mal in der Pathologie an, damit die Frau in die Kühlung kommt. Die Angehörigen werden wir dann später benachrichtigen.“

„Klar, Doc, kein Problem, sofort, aber was machen wir mit dem da? Das will ich nicht allein entscheiden,“ fragt die Schwester und nickt mit dem Kopf zu dem winzigen wollhaarigen wimmernden Wesen, das zitternd in einer Blechschüssel liegt und suchend das schwarze Köpfchen hin- und herbewegt. Es verhält sich wie ein richtiges neugeborenes Menschenkind, es ist aber keins, das sieht man auf den ersten Blick. Aber kann man denn irgendein Lebewesen einfach so verenden lassen, egal, von welcher Art es ist?

„Sowas kann man doch nicht leben lassen," sagt der Oberarzt voller Entsetzen, aber gibt es eine Alternative? Soll er etwa dem Wesen den Hals umdrehen? Igitt, er traut sich noch nicht mal, es anzufassen. Er ist vollkommen ratlos, was soll er bloß tun?

„Schalt endlich die Monitore aus, du Esel, und nimm alle Elektroden ab, die Frequenzen spielen verrückt, oder was gedenkst du sonst zu tun? Abschalten, sonst kriege ich noch die ultimative Nervenkrise" schreit er den Narkosearzt an, der fassungslos und mit offenem Mund herumsteht.

„Aber ich mach doch gar nichts, diese komischen Frequenzen habe ich noch nie auf einem Monitor gesehen. Hier ist bestimmt irgendwo eine Fremdquelle, hat denn wirklich niemand sonst ein Handy hier drinnen? Ich habe wirklich keins dabei, ich schwöre es."

„Quatsch mit Soße, es kann nur dein Handy sein, guck doch mal, die Geräte spielen schon ganz verrückt," brüllt der Arzt zurück.

„Ich habe aber wirklich keins dabei, diese komische Frequenz kommt von diesem ekligen Wesen da," flüstert Carlos entsetzt. „Da, wenn es den Mund öffnet, erscheint ein Piek auf dem Monitor, da, noch mal, so etwas unheimliches habe ich noch nie gesehen, was soll ich bloß tun?"

„Warum ist der Chefarzt denn immer noch nicht da? Los, schnell, bring das komische Ding sofort mit der Toten in den Kühlkeller, es muss sofort hier raus aus dem OP, mir wird totschlecht, das halte ich nicht aus," flüstert der Gynäkologe entsetzt und hält sich die Hand vor den Mundschutz, so, als ob er sich gleich übergeben müsste, ihm ist wirklich speiübel geworden bei diesem undenkbaren Gedanken.

„Aber das geht doch nicht, es ist doch ein lebendiges Wesen, es wird doch in der Kühlung sterben. Nein, das mache ich nicht, das könnt ihr nicht von mir verlangen." Flüstert Carlos entsetzt.

„Los, Carlos, das ist ein Befehl, das nehme ich auf meine Kappe," sagt der Gynäkologe heftig, „also nichts wie weg damit, ab in die Kühlung."

„Wie soll ich das denn transportieren, etwa in dieser Blechschüssel? Und was ist, wenn mich einer auf dem Weg dahin anhält oder das sogar sieht? Was soll ich dann sagen?"

„Nimm einen Organbehälter mit Deckel. Was, die Pathologen sind gerade angekommen? Na endlich, dann habe ich eine bessere Idee, sie sollen diesen Organbehälter gleich mitnehmen und bei der Toten in der Kühlung aufbewahren, klebe den Behälter sofort mit Fixomull zu, und sage ihnen, dass sie nicht reingucken sollen, sage ihnen, dass es sich um infektiöses Material oder sowas ähnliches handelt, da der endgültige OP-Befund noch nicht feststeht. Und denke an den Totenschein, den sollen sie gleich mit fertig machen. O.k.? Alles klar?

Und nochmals an das Team: absolute Geheimhaltung, kein Wort nach draußen, so einen Skandal kann die Schließung des Krankenhauses bedeuten. Und ihr wollt doch euren Arbeitsplatz behalten, oder?" schnaubt der Gynäkologe, und er fühlt, wie ihm plötzlich schwindelig wird. „Alle weiteren OP's absagen, ich kann einfach nicht mehr," flüstert er nur noch und sinkt bewusstlos zu Boden.

„Schnell, ein Notarzt-Team in OP II, der Gynäkologe ist gerade zusammengebrochen," schallt es durch den Lautsprecher. Das Team ist sofort zur Stelle und kann ihn wiederbeleben, aber er muss stationär aufgenommen werden und landet auf der Intensivstation. Alle weiteren Operationen werden für diesen Tag abgesagt und die Frauen mit den Tumoren werden auf einen neuen Termin vertröstet und wieder nach Hause geschickt.

Nach vier Stunden trifft endlich der Chefarzt in den zwischenzeitlich verlassenen OP ein, in dem es wie nach einer blutigen Schlacht aussieht, alles ist stehen- und liegengeblieben, dazwischen liegen die hingeworfenen Kittel und Handschuhe.

„Was ist das denn hier für eine Sauerei? Wer hat das hier zu verantworten," schreit er im Hinausrennen, und als er sich draußen umsieht, stößt er auf einen erschrocken Haufen verstörter Mitarbeiter, die verwirrt beisammen sitzen und nicht mit der Sprache herauswollen, was da eigentlich im OP passiert war. Sie verweisen nur auf den Gynäkologen, der auf der Intensivstation liegt. Er ist schließlich verantwortlich für die Station, also soll auch er dem Chefarzt Rede und Antwort stehen.

Als sich der Chefarzt das ganze Ausmaß der Katastrophe klar wird, packt ihn das blanke Entsetzen über das Geschehen auf seiner Station, und gibt diese Informationen sofort persönlich an den Klinikleiter weiter. Der kann es überhaupt nicht fassen und ist total geschockt, vor allen Dingen ist zuerst eine Schadensbegrenzung unumgänglich, nichts von diesen schrecklichen Ereignissen darf nach draußen dringen. Die eilig herbeigerufenen Ärzteteams sind entsetzt und schockiert. Was soll jetzt mit den anderen fünf Frauen mit denselben Symptomen geschehen?

Man entscheidet sich für zügige Operationen am nächsten Tag, und dieser Tag wird endgültig zum Debakel für die Abteilung. Zum Glück war man ja schon auf diese scheußlichen Vorfälle vorbereitet und diese unheimliche Bürde wurde diskret in der Kühlung entsorgt, niemand will sich für diese schwarzhaarige unheimliche Brut verantwortlich zeigen.

Von diesen fünf Frauen überleben nur zwei den Eingriff, die anderen sterben direkt nach der Operation an einer geheimnisvollen Sepsis, genau wie die ältere Frau am Vortag. Jeder Mitarbeiter im Krankenhaus trägt schwer am Wissen um die toten Frauen und diese grausigen schrecklichen Wesen, die man in der Kühlung entsorgt hat, und jedem einzelnen ist klar, dass über das unheimliche Geschehen absolutes Stillschweigen gewahrt werden muss.

Nach zwei Tagen überschlagen sich die Ereignisse, zwei der jungen schwangeren Frauen werden mit akuten Beschwerden in die Notaufnahme eingeliefert, sollte wirklich die Geburt bevorstehen? Das Operationsteam handelt vorschriftsmäßig und eine Kaiserschnitt-Operation wird sofort eingeleitet, beide Frauen entließen schwarze hässliche Wesen aus ihrem Bauch, auch die ließ man sofort in der Kühlung verschwinden. Kurz danach starben auch die beiden Frauen an einer geheimnisvollen Sepsis zwei Stunden nach dem Eingriff.

Den herbeigeeilten Vätern und Familienangehörigen sagte man, dass es ihnen sehr leid täte, dass der Grund für diesen Tod ihnen vollkommen unerklärlich und sehr plötzlich wegen einer Sepsis mit unbekanntem Erreger eingetreten wäre, dass sie alles Menschenmögliche versucht hatten, ihr Leben zu retten.

Nach der Frage nach den toten Kindern sagte man ihnen, dass sie bei der Geburt gestorben wären, sie hätten keinerlei Lebenschance gehabt, sie wären infektiös, schwerstbehindert und so furchtbar entstellt gewesen, dass man sie ihnen aus ihnen Pietätsgründen nicht zeigen könnte.

Aber auch die anderen Geburten lassen sich nicht mehr aufhalten. Schon am nächsten Tag wurde das erste schwarze Wesen von einer jungen normalen Schwangeren aus Katerini geboren, sie war gerade erst eingeliefert worden und schaffte es kaum noch bis in den Geburtsraum. Die junge Mutter wurde sofort narkotisiert, es konnte gerade noch verhindert werden, dass sie das grausige Ereignis gesehen hätte und beinahe hätten es sogar die anderen Patienten mitbekommen. Nun breitet sich Panik und Entsetzen unter allen betroffenen Mitarbeitern im Krankenhaus aus.

Das ganze Team Gyn II erhielt die strikte Anweisung der Klinikleitung, alle Mütter aus Katerini sofort unter Vollnarkose mit einem Kaiserschnitt zu entbinden. Nach deren Aufwachen soll man ihnen mitteilen, dass man ihr Leben gerade noch gerettet hätte, aber leider wäre ihr Baby bei der Geburt schwer missgebildet gestorben, und deren Anblick wollte man den trauernden Eltern nicht zumuten.

Es werden zusätzlich geschulte Priester angefordert, die den Angehörigen und den Eltern über diese Lebenskrise hinweghelfen sollen, aber niemand von der Klinikleitung hatte sie über den wahren Sachverhalt informiert. In den Kühlräumen der Pathologie liegen nun schon zwölf tote Frauen aus Katerini und fünfzehn schwarze Wesen mit bernsteinbraunen Augen. Jeden Moment sah man nach ihnen und wartete darauf, dass sie endlich kein Lebenszeichen mehr von sich geben würden, aber sie fiepen und zappeln ziemlich lange in der Kühlung.

„So kann es einfach nicht weitergehen," stöhnt der Klinikleiter im eilig zusammengerufenen Meeting, „aber was sollen wir bloß tun? Wie kann man den Tod von zwölf Frauen und zwölf toten und missgebildeten Babies da draußen verschweigen? Ganz Katerini ist schon über die vielen Toten geschockt und die ersten Angehörigen wollen uns schon verklagen.

Wenn wir nicht sofort etwas unternehmen, kommt alles raus, spätestens dann, wenn eine der restlichen vier Schwangeren aus Katerini ihr Kind unterwegs oder zu Hause bekommen, der Schreck für sie wäre nicht auszudenken, so ein schwarzes Vieh zur Welt zu bringen.

Bald werden wir die Presse nicht mehr aufhalten können, und wenn das alles da draußen bekannt wird, nicht auszudenken und das ist absolut schädlich für den Ruf unserer Klinik. Nur Tote, Tote, zu uns kommt nie mehr eine normale Schwangere, und wegen dem unbekannten Keim können wir die gesamte Klinik schließen.

Oh Mann, oh Mann. Wir müssen sofort etwas unternehmen, die restlichen vier Frauen müssen sofort eingeliefert und entbunden werden, sofort, sage ich, damit der Horror erst mal vorbei ist und wieder Ruhe einkehrt.

Das gesamte Team von Gyn II bleibt Tag und Nacht in der Klinik, absolute Ausgangssperre, keiner darf mehr raus. Rufen Sie bei Ihren Familien an und sagen Sie denen irgendwas von einer Keimbelastung oder so etwas ähnliches." sagt der Chefarzt mit nervös zuckendem Gesicht.

„Es blieb mir doch gar nichts anderes übrig, ich musste einfach gestern den Staatschutz unterrichten, das fiel mir schwer genug, und zuerst haben die mich einfach ausgelacht. Ob ich im Delirium operiert hätte, oder ob ich zu viele Zombies-Filme gesehen hätte, fragten sie mich doch glatt, diese Idioten.

Und als sie endlich sie das Ganze kapiert hatten, waren sie total entsetzt, hören Sie, meine Herren, total entsetzt und völlig fassungslos. Es gibt einfach keine Erklärung dafür, auch die haben einfach keine vernünftigen Erklärung abgeben können, meine Herren!

Die wimmelten mich doch glatt mit dem vorgeschobenen Argument ab, dass sie so lange nichts unternehmen könnten, bis sie mit ihren Vorgesetzten einen Krisenstab gebildet und alles ausdiskutiert hätten. Das würde mindestens sechs Wochen dauern, das ist doch viel zu lange, so lange können wir das Ganze nicht mehr geheim halten." schreit der Chefarzt mit apoplektisch geschwollenem Kopf und ihm tropft der Schweiß von der Stirn.

„Aber was können wir denn überhaupt noch tun, wenn die es auch nicht wissen? Ich finde, wir sollten ganz schnell allein entscheiden und sofort alles im Krematorium als Sondermüll verbrennen lassen, je schneller, desto besser, wir müssen sie sofort loswerden, sonst passiert noch irgendein Unglück," flüstert der Klinikleiter im Krisen-Interventionsteam bleich.

„Nein, das geht jetzt nicht mehr, der Staatschutz weiß doch jetzt Bescheid, da dürfen wir diese Brut nicht ohne ihr Wissen einfach so entsorgen, wir vernichten damit wichtiges Beweismaterial. Aber wie sollen wir diese Ungeheuerlichkeit noch lange verschweigen können? Wenn so ein Gerücht nach draußen durchsickern würde, dass wir behinderte Neugeborene einfach entsorgen würden, bricht eine Unruhe in der ganzen Stadt aus, die Folgen würden uns fertigmachen.

Das wäre der Super-Gau für unsere Klinik, es darf einfach keinerlei wilde Gerüchte geben. Also noch einmal, keine Presse, kein falsches Telefonat und kein verkehrtes Wort nach draußen."

„Das sagt sich so einfach, aber was wollen Sie in dieser Angelegenheit noch unternehmen? Das kann doch wohl nicht alles sein?" fragt ein älterer Chefarzt.

„Natürlich nicht, zum Glück erhielt ich vorhin einen Anruf vom Geheimdienst, die sind wohl etwas kompetenter. Ich erhielt strikte Anweisungen für einen Notfallplan, und der ist bereits angelaufen. Der erste Schwachpunkt ist der Pförtner, der vollkommen überfordert wäre, wenn irgendwelche Pressefuzzis hier auftauchen würden. Daher habe ich für die Zentrale Polizeischutz angefordert, und den haben sie mir sofort bewilligt.

Also, der Geheimdienst hat folgendes für die restlichen fünf Schwangeren angeordnet, dass sie jetzt sofort aus Katerini mit dem Krankenwagen abgeholt werden. Die Wagen sind bereits unterwegs und werden in etwa zwei Stunden hier sein. Dann werden wir die Gynäkologie II komplett abriegeln, den Angehörigen sagen wir hinterher, dass gerade eine schwere Infektion auf der Station ausgebrochen wäre, dass also in den ersten beiden Tagen kein Besuch erlaubt wäre.

Die Frauen werden mit Kaiserschnitt und Vollnarkose entbunden, die restlichen Monster gelangen sofort in die Kühlung, dafür haben mich die Geheimdienstler gelobt, das war eine sehr gute Entscheidung gewesen, Herr Oberarzt, eine sehr gute Entscheidung," sagt der Klinikleiter mit viel Elan. Langsam hat er sich und die Situation wieder im Griff, so ein Ereignis muss doch zu bewältigen sein.

„Aber die Frauen müssen doch über ihre Situation vor der Operation aufgeklärt werden, außerdem können doch nicht alle Babies einfach so verschwinden. Die reden doch alle miteinander, die kennen sich doch alle." sagt die Hebamme Elenitsa schwer atmend.

„Das wäre viel zu gefährlich, kein Wort an die betroffenen Frauen, so leid es mir tut. Also, wie besprochen werden wir die Schwangeren sofort nach ihrem Eintreffen unter Narkose gesetzt und Kaiserschnitte gemacht, das geht am schnellsten und ist am effektivsten, saubere, klare Schnitte, und dann müssen wir die Mütter eben hinterher informieren, dass ihre Kinder leider dabei gestorben sind. Auch wenn es so viele sind, das ist leider nicht zu vermeiden." Sagt der Chefarzt und hält sich krampfhaft am Tisch fest.

„Alle fünf Babies, das glaubt uns doch keiner, so viele Sterbefälle bei der Geburt haben wir seit der Gründung des Krankenhauses insgesamt noch nicht gehabt, das bringt unsere ganze Statistik durcheinander. Wir müssen ihnen doch wenigstens sagen, woran ihre Kinder gestorben sind," Sagt ein pädiatrischer Oberarzt zweifelnd.

„Um Gottes Willen, dann müssen wir eben jede auf ein Einzelzimmer legen, keine darf mit der anderen reden, die bekommen doch sonst den Schock ihres Lebens. Wir sagen einfach, dass wir alles tun wollen, den trauernden Müttern über den ersten Schmerz hinwegzuhelfen. Aber wegen dieser Krankenhaus-Infektion können sie eben für eine Woche keinen Besuch empfangen und wir müssen sie eben bitten, sich bis dahin zu gedulden und sich für weitere Untersuchungen bereit zu halten.

„Und alle diese ekligen Wesen werden ohne weitere Zeugen sofort in der Kühlung landen, keins darf überleben, das wäre ja die totale Katastrophe, wenn die irgendeiner zu Gesicht bekäme. Hinterher werden wir sie dem Staatschutz zu Diagnosezwecken hinterlassen, da sollen die sich drum kümmern und dann ist dieses widerliche Thema zu Ende. Wir brauchen nur noch ein paar Tage, dann ist das Thema vom Tisch, da müssen wir jetzt einfach durch."

„Aber das sind doch Lebewesen, die kann man doch nicht so einfach....." flüstert Carlos, der junge Narkosearzt.

„Oh doch, das müssen wir sogar, solange wir nicht wissen, wie solch schreckliche Wesen entstehen konnten. Also keine Sentimentalitäten. Schwester Elenitsa, was ist denn los? Sie können mich doch jetzt nicht einfach so stören. Also, was gibt es denn so Katastrophales? Na gut, ich komme in den Nebenraum."

Schon nach kurzer Zeit steht er wieder vor dem wartenden Team. „Stellen Sie sich mal vor, gerade habe ich einen Anruf des Staatschutzes erhalten, sie haben sogar schon erste Anhaltspunkte gewonnen. Erinnern Sie sich mal an den merkwürdigen Vorfall vor drei Wochen auf dem Marktplatz von Katerini, was da passiert war? Die vielen Nackten und den klebrigen Schaum überall?

Nun glauben die sogar schon an extraterrestrische Experimente, die an den Frauen von Katerini vollzogen wurden."

„Das ist doch Quatsch, das glaube ich einfach nicht, dann müssten ja hier irgendwelche Ufos gelandet sein, nein, das Ganze halte ich für ziemlichen Blödsinn," sagt der Oberarzt zweifelnd.

„Wir wissen doch gar nichts, und so lange wir keine Gewissheit haben, was da passiert war, müssen wir auch das in unser Kalkül mit einbeziehen." sagt der Klinikleiter und kratzt sich am Kopf.

„Aber das ist doch vollkommener Blödsinn, und dann noch Experimente an den Frauen, wie soll das denn gehen," sagt die Hebamme Elenitsa laut, aber es treffen sie lauter strafende Blicke.

„Die bestellten vier Frauen sind auf Sation 4 b eingetroffen," knarrt es aus dem Lautsprecher," Doktor Yuris, bitte sofort kommen, Doktor Yuris, bitte sofort kommen."

„Na, dann wollen wir mal, ist jetzt alles geklärt? Sofort Narkose, sofort Kaiserschnitt, die Monster in die Kühlung, und die Frauen kommen sofort hinterher in ihr komfortables Einzelzimmer, Sonderservice des Hauses. Die Pflegeschwestern sind schon instruiert? Ja? Na, dann mal los, das müssen wir hinter uns bringen." sagt der Klinikleiter mit bleichem Gesicht zum Kriseninterventions-Team.

„Und noch einmal, absolute Geheimhaltung, kein Wort an die Presse. Wer redet, fliegt fristlos, ist das klar?" sagt der Chefarzt mit brüchiger Stimme.

„Klar Chef, klar," sagt das Team im Chor.

„Und jetzt sofort zur Station 4 a, alle haben ihre Anweisungen, was zu tun ist. So jetzt aber subito." Mit wehenden Kitteln rennt das Ärzteteam los, wild entschlossen, dieses unheimliche und seltsame Problem endlich aus der Welt zu schaffen, egal wie. Es wird sehr schwer werden, allen traurigen Müttern dasselbe Lügenmärchen aufzutischen, aber Staatsschutz und der Klinikleiter haben es angeordnet, also müssen die auch die Verantwortung dafür tragen.

„Eieie, eiapopeia, eiapopeia," trällert Eleni fröhlich am blitzblanken Morgen. Sie sitzt ganz gemütlich auf dem Brunnenrand am plätschernden Quellwasser, vor ihr liegen die satten taufrisch grünen Weiden, auf denen sich ihre Schafe und Ziegen tummeln. Der Olymp grüßt majestätisch mit seiner Schneekrone, noch hat er sich keine Wolkenkrone zugezogen.

Die beiden Hütehunde liegen faul bei der Herde herum, ab und zu heben sie misstrauisch schnuppernd die Köpfe in Elenis Richtung, von der irgendein seltsam fremder und unheimlicher Geruch strömt, den sie nicht einordnen können. Also halten sie sich lieber abseits, dann kann ihnen auch nichts passieren.

„Ach, du bist so süß, so knuddelig, ich könnte dich glatt auffressen, so sehr liebe ich dich", flüstert Eleni in das schwarze Fellbündelchen hinein, die kleinen spitzen nackten Öhrchen kitzeln ihre Nase und die riesigen runden bernsteinbraunen Augen blinzeln vergnügt in die Gegend.

Als Eleni es liebevoll an sich drückt, quietscht es vor Vergnügen und als sie ihm die nackten Fußsöhlchen küsst, beginnt es sogar leise vor sich hin zu kichern. „Wo bist du bloß auf einmal hergekommen, meine süße Kleine, jaja, du bist mein großes Geheimnis, und darum wiege ich dich auch hin und her, und hin und her."

Sie kann immer noch nicht ganz begreifen, was da passiert war. Ganz schwach erinnert sie sich noch an den seltsamen Vorgang auf dem Marktplatz von Katerini, als alle Menschen plötzlich nackt und schaumverklebt auf dem Marktplatz herumlagen und beim Aufwachen so dumm aus der Wäsche guckten. Der Vater wollte einfach nicht mehr mit ihr darüber reden, so oft sie auch nachgefragt hatte, und nach Katerini wollte er seitdem auch nicht mehr fahren.

Und was dann später mit ihr hier am Brunnen passierte, war genauso rätselhaft gewesen. Es geschah genau hier am Brunnen, nachdem sie die Tiere aus dem Pferch herausgelassen hatte. Ja, in der letzten Zeit war sie etwas dick und unbeholfen geworden, das war auch schon dem Vater aufgefallen, aber sie dachte sich einfach nichts dabei.

Und dann bekam sie heftige Bauchschmerzen. Irgendein seltsames Gefühl sagte ihr instinktiv: Steig in den Brunnentrog, tauch unter, leg dich hin, dann geht es ganz schnell vorbei. Und sie tauchte ins eiskalte Brunnenwasser, etwas in ihr platzte, das Wasser wurde rosa, dann rot, ein letzter schneidender Schmerz ließ sie die Zähne aufeinanderbeißen.

Plötzlich schwamm und zappelte etwas im eiskalten Wasser und fiepte ängstlich. Wo war denn das kleine schwarze Wesen hergekommen? Wie war es ins Wasser gekommen? Hatte es vielleicht irgendetwas mit ihr zu tun? Aber das war doch kein Schäfchen und auch kein Hündchen, aber was war es dann?

Schnell zog sie es aus dem eiskalten Brunnenwasser. Aber was hing da für ein großer Klumpen dran? Ach, das sah ja genau wie bei der Geburt von kleinen Schäfchen aus, sowas kannte sie. Geschickt durchtrennte sie mit einem kleinen Messerchen die Nabelschnur von der Plazenta und knotete den dünnen Schlauch sorgfältig an dem kleinen Tierchen fest, das würde später sowieso allein verheilen. Die Plazenta vergrub sie sofort, die Hunde sollten sie nicht auffressen, das taten sie nämlich sonst immer bei den Schafen, das war widerlich und darf nicht sein, das hatte sie so von ihrem Vater gelernt.

Als sie damit fertig war, wärmte sie es sofort an ihrem nackten Körper. Und da geschah das Wunderbare, das kleine Wesen begann sofort, mit seinem Mündchen suchend über ihren vor Kälte zitternden Körper zu fahren. Endlich fand es, was es instinktiv gesucht hatte, und es begann gierig schmatzend an Elenis kleiner Brust zu saugen. Sie erstarrte, ein herrlich unbekanntes Gefühl durchströmte sie plötzlich, kaum fassbar und wunderbar, fast zum Schreien schön verharrte sie so lange, bis es endlich von ihr abließ.

Hastig zog sie sich an, und drückte das kleine Fellbündel an ihren warmgewordenen Körper. Sofort suchte es glücklich schnaufend eine warme Stelle unter ihrem dicken Schafwollpullover unter ihrer Achsel und schlief dort sofort ein. „He, ich kann doch nicht die ganze Zeit so bei dir bleiben, was mache ich bloß mit dir, du kleines Wunder, warum bist du denn aus dem Brunnen zu mir gekommen?"

Ihr Vater wunderte sich in den nächsten Tagen über ihr neu erwachtes fröhliches Wesen, und staunte, dass sie immer als erste frühmorgens aufstehen und zum Stall gehen wollte, um die Schafe herauszulassen. Sie wollte unbedingt immer allein melken, plötzlich war ihr nichts zu viel, wenn sie nur den ganzen Tag da draußen bei ihren Tieren bleiben konnte.

„He Eleni, was ist neuerdings los mit dir, Mädchen? Hast du etwa da draußen einen neuen Freund? Steckt da vielleicht ein Mann dahinter? Nein? Was ist es denn sonst, was dich so froh macht? Deinem Vater kannst du es ruhig sagen, dann kann ich mich auch mit dir freuen."

Aber Eleni lachte nur fröhlich, „Nein, Vater, es ist bloß der Frühling, der macht mich irgendwie so froh, ich weiß doch selber nicht, warum das so ist." Und wieso denkt er da an einen Mann? Was sollte sie denn mit einem Mann machen? Nein, so ein unbändiges Glücksgefühl hat ihr nur dieses kleine wollige Wesen gegeben, und dieses Geheimnis wird sie mit niemandem teilen.

So begann ihr gemeinsames heimliches Leben. Und sie liebte es vom ersten Tag an überschwänglich. Am nächsten Morgen erkannte es ihre Schritte schon von weitem und fiepte ganz aufgeregt zur Begrüßung, wenn sie die quietschende Stalltür aufstieß.

Und als sie es vorsichtig aus dem selbstgebauten Heubettchen heraushob, strahlten seine riesengroßen Bernsteinaugen und guckten so klug in die Welt, dabei reckte es ihr aufgeregt seine schwarzwolligen Patschhändchen entgegen und wisperte leise vor Vergnügen, wenn sie es an ihre warme Brust drückte, damit es seine erste Morgenmahlzeit Muttermilch bekam.

Dann baute sie ihm ein kleines weiches Heubettchen aus einem runden Körbchen und hängte es an die Decke hinter dem Heuvorrat der Schafe, wo es leise schaukeln konnte, ohne herunterzufallen. Sicherheitshalber hatte sie den Korb mit einer alten Schürze verschlossen, so dass nur das kleine schwarze Köpfchen herausgucken konnte. Und dort blieb es ruhig, bis Eleni am frühen Morgen wiederkam, nie muckte es auch nur auf, es schien vom ersten Tag an alles genau zu verstehen, was man von ihm wollte.

So war es auch heute früh gewesen. „He, da bist du ja, wie soll ich dich dann vor dem Vater verstecken? Komm, du musst noch ein Bäuerchen machen, sonst hast du Luft im Bauch und bekommst Bauchschmerzen," lacht sie und wiegt es auf ihren Armen und klopft ihm sanft auf den Rücken, der kleine Rülpser kommt sofort, begleitet von einer kleinen Milchblase.

„He Eleni, was machst du denn da hinten im Heu, ich denke, du würdest auf die Schafe aufpassen, die sind schon fast an der Hütte zum Grasen angekommen, was ist das für eine Schlamperei?" hörte sie plötzlich den Vater direkt hinter sich sagen. Instinktiv lässt sie das kleine Wesen fallen, das sich sofort im Heu einbuddelt und still liegt, als ahnt es die Gefahr, die ihm droht.

„Was war das gerade in deiner Hand? Hattest du eben etwa ein Zicklein auf dem Arm? Es ist doch schon Mai, da werden doch gar keine kleinen Tiere mehr geboren? Oder hast du etwa schon wieder von irgendwo einen kleinen Hund angeschleppt? Wo sammelst du bloß immer dieses ganze Viehzeug auf, ich hatte dir doch ausdrücklich verboten, fremde Tiere anzuschleppen. Eleni, wann wirst du endlich mal auf mich hören, Kind, das nimmt noch ein böses Ende, wenn du so ein fremdes Tier mit irgendwelchen Krankheiten anschleppst. Mit unseren Schafen und Ziegen haben wir schließlich genug zu tun, die sind wenigstens nützlich und geben Milch."

„Ach, Papa, das war nur meine alte Puppe, die hatte ich früher mal im Heu vergraben und eben gerade eben habe ich sie wiedergefunden. Die ist aber schon ziemlich verrottet, daher habe ich sie sofort wieder weggeworfen," sagt Eleni und lacht verlegen.

„Eleni, du bist doch schon ein großes Mädchen, wieso willst du denn auf einmal wieder mit Puppen spielen? Das Mädel ist doch heute zu gar nichts zu gebrauchen, nun komm endlich runter zur Hütte, wir haben heute noch viel zu tun," knurrt der Vater verdrießlich und stapft aus dem Stall heraus.

„Ja, Vater, gleich, ich komme sofort hinterher."

Und als er weg ist, wendet sie sich sofort wieder dem kleinen Wesen im Heuhaufen zu. „Er ist weg, jetzt kannst du wieder rauskommen, na, das war aber knapp." flüstert sie aufgeregt und wendet das Heu um und um, aber sie kann es einfach nicht finden.

„He, wo bist du abgeblieben, du hast dich aber gut versteckt? Ich finde dich schon, warte ab. Aha, da ganz hinten in der Ecke hast du dich eingegraben. Ich krieg dich schon zu fassen, du kleines Wollhaartier. Da bist du ja endlich, gleich habe ich dich am Wickel. Komm auf meinen Arm, mein kleiner Liebling, nun komm schon!" ruft Eleni, und als sie es auf den Arm nimmt, quietscht es fröhlich auf: „Mahbata, Mahbata,"

„He, was hast du gerade gesagt?"

„Mahbata, Mahbata," quietscht es wieder, als sie es lachend in die Höhe wirft.

„Was ist das für ein komisches Wort, was du da eben gesagt hast? Wo hast du es hier? Das ist doch ein Quatschwort. Eleni, Eleni musst du sagen. Komm, sag Eleni, das ist viel schöner. Schnell, pass auf, der Vater kommt schon wieder, versteck dich, schnell."

„Eleni, jetzt komm endlich, hast du etwa schon wieder vergessen, dass wir morgen mit unserem Käse zu Tante Evtichia fahren wollen. Die Kisten stehen schon ausgewaschen fix und fertig seit gestern Abend herum, du brauchst nur noch den Käse zu verpacken, so wie immer. Also, ich will dich nicht noch ein drittes Mal ermahnen, und trödel nicht immer so rum, das kann ich einfach nicht leiden," sagt der Vater streng.

„Ja, Vater, ich komme sofort, ich fange jetzt sofort damit an, Ehrenwort, ich will nur noch das Gatter schließen, dann bin ich gleich da."

„Dann tu es auch endlich," knurrt er, dreht sich um und stapft hinüber zum Wohnhaus.

Aber Eleni kann nicht widerstehen und kramt wieder im Heu herum, um das kleine Wesen herauszuholen und mit ihm zu spielen. Da sitzt es quietschfidel auf ihrem Arm, und vorsichtig sammelt sie ihm die Heureste aus dem Fellchen. „Ach, morgen früh geht es zu Tante Evtichia, ans Meer. Thalassa. Das Meer ist toll, Los, sag Thalassa. Thalassa, thalassa," singt sie vergnügt.

„Thalassa, thalassa," antwortet es plötzlich mit verständigem Stimmchen.

„Ja, du kannst es, meine Süße, thalassa, thalassa,“ schreit sie lustig und gibt ihm einen dicken Kuss.“

Weißt du was? Ich habe eine gute Idee, ich nehme dich morgen einfach mit. Du musst aber sehr leise sein, denn wenn der Vater dich sieht, kann ich für nichts garantieren. Der kann nämlich keine Spieltiere leiden und dreht dir bestimmt den Hals rum, also musst du alles genau so tun, wie ich es dir sage, ist das klar?“

„Piepespieps,“ antwortet es mit leisem Stimmchen.

„Genau, keinen Piepser möchte ich dann von dir hören, ist das klar?“

„Pieps,“ seine Äuglein strahlen verständig, es muss also alles richtig verstanden haben.

„So, meine Süße, nun ab ins Bettchen, und schlaf gut. Morgen geht es ganz früh raus, oh ja, Mann, ich muss noch den ganzen Käse einpacken. Da habe ich noch viel zu tun, ich muss also sofort los, der Vater wird sonst wirklich total sauer.“

„Mahbata, Thalassa,“ piepst es noch leise aus dem Heubettchen, als Eleni hinaus zum Vorratsschuppen rennt. Dort sind die Käselaibe gestapelt, die sauber ausgewaschenen Kisten stehen schon bereit, Vaters Pickup ist direkt davor geparkt, so dass sie jede volle Kiste direkt auf die Ladefläche stapeln kann, keine leichte Arbeit für eine Zwölfjährige.

Und als am Horizont die Sonne untergeht, ist sie endlich fertiggeworden. Schnell läuft sie zum Haupthaus hinüber, wo der Vater schon mit dem Abendessen auf sie wartet.

„Na, Mädel, hast du alles gut verpackt und auch richtig verschnürt? Der Tee ist fertig, hier ist Brot und alles, was du brauchst. Den Rest kannst du dann fürs Frühstück einpacken. Morgen werde ich dich noch vor Sonnenaufgang wecken. Und zieh dir endlich mal saubere Sachen an, du riechst schon wieder ziemlich ranzig nach Schafen.

Ja, ich weiß, du brauchst neue Jeans und Hemden, und deine Sachen fallen fast auseinander und sind dir viel zu klein geworden. Vielleicht spendiert dir Tante Evtichia ein paar Klamotten von ihren drei Töchtern. Frag sie morgen mal danach, dann werden wir es ja sehen.“

„Ach, ich freue mich schon so auf morgen. Thalassa, thalassa, thalassa.“ Trällert Eleni vor sich hin.

„Ja, und wenn wir fertig sind, darfst du auch im Meer schwimmen gehen. Pack also auch noch deinen Badeanzug und ein Handtuch ein. So, und wenn du dann endlich mit deinem Essen fertig bist, geht s ab in die Falle. Gute Nacht, Eleni, schlaf schön."

„Gute Nacht, Vater, geh ruhig schon schlafen, ich setze mich an den Kamin und wärme mich noch ein bisschen auf, und wenn er heruntergebrannt ist, gehe ich auch schlafen." Dort sitzt sie gemütlich und starrt gedankenverloren in die herunterbrennende Glut.

Ach, dieses kleine Wesen hat heute zum ersten Mal richtig gesprochen. Wieso kann es so klug sein und reden? So ein Hündchen kann doch auch nicht sprechen, und ein Zicklein erst recht nicht. Nur Menschen können sprechen, aber für ein Menschenbaby ist es viel zu haarig, aber es sieht gar nicht menschlich aus.

Aber was ist es dann? Ach ganz egal, was es ist, es ist so süß, so lieb, ach, am liebsten würde sie noch nachts in den Stall schleichen und mit ihm spielen. Gute Nacht, du kleines Süßes da draußen. Ach, wie schade, dass ich es keinem erzählen kann," flüstert Eleni, als sie endlich in ihr Bett klettert und sich bis oben zudeckt. Der Mond scheint ihr voll ins Gesicht, aber schon nach ganz kurzer Zeit ist sie fest eingeschlafen.

Katerini schläft im hellen Mondschein, nur ein paar Hunde kläffen die ganze Nacht, sie wollen sich einfach nicht beruhigen lassen. Ob sie wohl ahnen, dass hoch oben im Orbit ein Raumschiff kreist, in dem sich gerade die Ereignisse überschlagen, und die Besatzung in höchste Aufregung versetzen. Es geht schließlich um den Fortbestand einer Rasse, die es zu retten gilt. Aber wie soll das geschehen?

Maroulf versucht voll hektischer Betriebsamkeit, auf seinem Rechner die Diagnosesignale der gestern neugeborenen Mahbatas auf allen Frequenzen zu empfangen und einzuspeichern.

„Beralf, es ist zum Verrücktwerden, aber ich bekomme keine Ortung zu den Kleinen mehr, dabei sind sie doch alle genetisch vorprogrammiert. Die Startsignale kamen doch gestern sofort nach ihrem ersten Atemzug Sauerstoff. Warum kann es denn nicht heute genauso sein? Ob unser Rechner defekt ist? Wir sollten nochmals alle Forschungsberichte und das Programm auf eventuelle Fehlerquellen durchsehen."

„Die Geräte sind vollkommen in Ordnung, die Probleme müssen aber irgendwo da unten in der Stadt liegen. Ich habe nur eine Erklärung, dass die Verbindung mutwillig gekappt wurde, bestimmt sind die Kleinen in großer Gefahr, ich spüre das irgendwie. Wir müssen sofort zu ihnen und sie retten, auch wenn alles ganz anders geplant war."

„Das wäre eine Katastrophe, denn wenn ihnen wirklich irgendetwas zugestoßen wäre, müssen wir schnell handeln, dieser Nachwuchs ist doch die letzte Chance für das Überleben unserer Art. Probiere es noch mal, es muss doch irgendeine Frequenz von ihnen aufzufangen sein, es können nicht alle auf einmal in ein paar Stunden verlorengegangen sein, das wäre doch zu entsetzlich."

„Komm, landen wir erst mal am Strand, und dann sehen wir weiter."

Die Landung war problemlos, mit einem leisen Zischen öffnen sich die Luken, draußen herrscht totale Stille, das nur vom leisen Plätschern der Wellen unterbrochen wird. Die Kiesel knirschen, als sie auf den Strand springen, die mobile Funkstation ist schnell aufgebaut und in Stellung gebracht. „So, ich sende jetzt auf Alpha 4, Beta 2.

Mahbata, Mahbata, bitte melden!" ruft Beralf aufgeregt ins Mikrophon, einmal, zweimal, nichts passiert, aus der Leitung ist nur leises Rauschen zu hören.

Plötzlich erscheint eine grüne Welle auf dem Display. „Mahbata, Mahbata, Mahbata," flüstert es ganz leise aus dem Funkgerät.

„Da ist ein Signal, stell scharf auf Empfang, wir dürfen es nicht verlieren," schreit Beralf aufgeregt und dreht an den Knöpfen. „Da ist es wieder, stell den Peilsender auf Alpha 4, Beta 1 ein. Mahbata, Mahbata, wo bist du? Gib deine Frequenz durch, schnell!"

„Mahbata, Mahbata, kann nicht, Hilfe, kalt, so kalt," flüstert das Stimmchen, dann hört man nur noch das Rauschen in der Leitung, dann knattert es leise wie aus weiter Ferne, „Kalt, kalt, kalt, kalt."

„Hast du das gehört? Frequenz Alpha 4, Beta 1. Mahbata, ich kann nicht feststellen, von wo es kommt. Los, probier es noch einmal, wo bist du," brüllt Beralf in das Mikrophon.

„Mahbata, nein, so kalt, Hilfe, schnell," piepst plötzlich ein zweites Stimmchen.

„Das hab ich jetzt fest eingepeilt. Aber das kam genau aus derselben Ecke, wieso können denn zwei an derselben Stelle sein? Los, sende weiter, das muss bestimmt ein Irrtum sein. Alpha 4, Beta 1, Mahbata, bitte melden, bitte melden, es ist dringend."

„Mahbata, Mahbata, Mahbata, Mahbata, kalt, kalt, kalt." plötzlich melden sich vier schwache Stimmchen, die fast unhörbar durcheinander piepsen.

„Was, das begreife ich nicht, das kam schon wieder aus derselben Ecke, ich habe jetzt sieben Meldungen aufgefangen, aber nach unseren Recherchen müsste jedes einzelne bei einer eigenen Mutter wohnen, und die wären überall in der Stadt verteilt. Aber diese Signale kamen 100 km entfernt von einem einzigen Punkt aus der großen Stadt in der Nähe. Was ist da nur passiert?"

„Warum setzen sie die Kleinen denn großer Kälte aus? So grausam habe ich mir diese Menschenmütter gar nicht vorgestellt. Eigentlich wissen doch ganz genau, dass menschliche Mütter sehr liebevoll mit ihrem Nachwuchs umgehen. Ja, sie werden sogar drei Monate an ihrer Mutterbrust mit Muttermilch gesäugt. Und ganze drei Monate brauchen unsere Kleinen doch nicht, um sich gut zu entwickeln. Haben wir wirklich den Brutpflege-instinkt der menschlichen Mütter unterschätzt? Die Werte der Hormonspiegelmessungen sind doch bei den schwarzen, gelben und Hellhäutigen Frauen alle gleich gewesen. Da ist kein Irrtum möglich."

„Vielleicht lieben diese Menschenfrauen ihren neugeborenen Nachwuchs gar nicht automatisch, sonst würden sie sich doch nicht so grausam verhalten, und ihre Kleinen in einen eiskalten Raum und vollkommen ohne Nahrung zu stecken? Vielleicht wollen sie sogar die Kinder damit bewusst umbringen? Zu solchen Grausamkeiten hätte ich diese Art nie für fähig gehalten! Unser ganzes Projekt ist jetzt gefährdet, wir müssen sofort etwas unternehmen und sie sofort retten, unsere lieben Kleinen, unseren heiß ersehnten Nachwuchs. Ich bin tief erschüttert, mir fehlen fast die Worte!"

„Oh Gott, wenn unser Nachwuchs jetzt stirbt, dann wäre alles umsonst gewesen. Wir müssen sie sofort aufspüren und sie da rausholen, im Raumschiff können wir sie wenigstens wärmen und künstlich ernähren. Hier ist doch alles reichlich vorhanden."

„So grausame Menschenmütter haben wir verwendet, die unserem Nachwuchs jetzt so schweren Schaden zufügen. Unvorstellbar!"

„Ja, wir haben die menschliche Rasse total falsch eingeschätzt. Ach, ihr armen Kleinen, wir werden und wir müssen euch sofort retten. Euer Ende wäre auch das Ende unserer Rasse. Zum Glück haben wir genügend Astronautennahrung dabei, damit werden wir sie hochpäppeln. Wir schaffen es auch ohne solch kriminelle Mütter."

„Ah, jetzt habe ich die acht schwachen Funksignale genau geortet, die werden aber immer schwächer. Sie kommen aus einem großen Gebäude mitten in der großen Stadt, aus einem einzigen Raum tief unten in einem Gebäude, der mit einer dicken Stahltür verschlossen ist. Brauchen wir lange bis dort?"

„Nein, es ist nicht weit." Auf dem Display erscheint ein großes dunkelrotes Gebäude mit einem schrägen Dach. „Schwenk genau auf die Koordinaten, dann können wir es auch nicht verfehlen. Schalte den vollen Schub ein, dann erreichen wir es sofort."

„Aber was ist das denn? Da blinkt ja noch etwas auf dem Display, sieh mal, das ist ein neues Signal, aber es kommt aus einer ganz anderen Richtung, es ist hier ganz nahe hier irgendwo am Meer direkt am großen Berghang. Stell mal laut, schnell, was hörst du?"

„Mahbata, Mahbata," quietscht es plötzlich laut und vergnügt über den Äther, so dass die beiden Techniker wie vom Donner gerührt stehen bleiben.

„Das ist ja eine Riesenüberraschung, schnell, peile es noch mal an, wo kommt es genau her? Mahbata, Mahbata!" schreit Beralf aufgeregt ins Mikrofon.

„Mahbata, Mahbata, Mama, warm, süß, thalassa," quietscht es sofort fröhlich und aufgeregt zurück.

„Was sind das für seltsame Worte? Tipp sie schnell in den Übersetzungsautomat, dann wissen wir genaueres. Wenigstens bei einem hat es wie geplant funktioniert. Das ist in Sicherheit, das können wir später bergen."

„Aber wir müssen zuerst die anderen retten, ach, was diese grausamen Menschenwesen alles in ihrem Unverstand anrichten. Warum handeln sie so gegen ihre eigene menschliche weibliche Natur, die doch mütterlich, liebevoll und menschen-freundlich, sogar in deren eigenen Literatur beschrieben worden ist? Das widerspricht jeglicher Logik, ach, diese Menschenwesen sind eben doch nur dumm und gefährlich und zu nichts Vernünftigem zu gebrauchen."

„Los, ich habe den Standort schon auf dem Display eingescannt und die Landung dort programmiert. Wie wir in das Gebäude reinkommen, weiß ich zwar noch nicht, ich weiß nur, dass ich auf diese grausamen Menschenwesen unheimlich sauer bin und jeden sofort plattschlagen werde, der sich mir in den Weg stellen wird. Wir müssen die Kleinen sofort retten, das sind wir ihnen schuldig. Ach, unsere Kleinen, ich mag gar nicht daran denken, wenn wir jetzt zu spät kommen."

Der Shuttle verschwindet in den Wolken und rast in Richtung Nordwest, direkt auf die große Stadt zu, das große dunkelrote Gebäude wird erkannt und die sofortige Landung eingeleitet.

Auf dem zentralen Platz vor dem Krankenhaus in Thessaloniki ist viel los, es ist genau Mittwoch in der Mittagszeit, als sich plötzlich ein tumultartiger Menschenauflauf bildet, in deren Mitte sich gerade ein ungewöhnliches weißes qualmendes Fahrzeug durch die Menschenmenge schiebt und genau vor dem Eingang des Krankenhauses stehen bleibt, zwei Fahrzeugtüren schwingen nach oben und heraus springen zwei ungewöhnlich große schwarzbehaarte Männer in weißen Overalls, die sofort losrennen.

Der Pförtner will sich ihnen noch entgegenwerfen, er wird aber derb zur Seite gestoßen, er stolpert und fällt lang hin. Auf sein Geschrei kommen von überall Wachposten und Polizisten herangerannt, aber sie können die Angreifer durch nichts zurückhalten. Die Eindringlinge wissen wohl genau, wohin sie wollen, denn mit Riesenschritten rennen sie in den Keller, mitten durch die Pathologie, vorbei an einer Gruppe völlig verschreckt guckender Studenten, die gerade mit ihrem Professor einen Toten auf einem Seziertisch präparieren.

Im Kühlhaus angekommen, reißen sie sofort alle Schubfächer mit den Toten auf, dann haben sie endlich gefunden, was sie gesucht haben. In einer Schublade tief unten liegen neun wollhaarige Monsterwesen in Metallbehältern. Als sie die Behälter aufreißen, bewegen sie sich kaum noch, und ihre Augen sind fest geschlossen.

Die Einbrecher reißen einen Deckenbezug aus einer Ecke, wickeln die Kleinen hinein und rennen mit ihrer Beute zurück zur Treppe. Vier herbeigeeilten Polizisten werfen sich ihnen entgegen, aber sie werden mit einem einzigen Schlag unschädlich gemacht und sinken sofort bewusstlos zu Boden.

Die beiden riesenhaften Gestalten stürmen zurück zu ihrem Fahrzeug, starten es mit einem Riesenknall und sind in einer gigantischen Staubwolke sofort von der Straße verschwunden, wie vom Erdboden verschluckt.

Der Menschenauflauf vor dem Krankenhaus-Eingang wächst an, ein erstes Fernsehteam ist eingetroffen und interviewt gerade den Pförtner, der mit seiner zerrissenen Uniform und einem blauen Auge eine martialische Story von sich gibt, von zwei riesigen germanischen Riesen mit schwarzen Bärten und weißen Overalls, die er beinahe gestoppt hätte, aber deren roher Gewalt er nicht standhalten konnte.

Die ersten Fernsehnachrichten senden direkt Berichte vom „Überfall im Krankenhaus Thessalonikis." Zwei Unbekannte stahlen gezielt brisantes genetisch belastetes Testmaterial aus der Pathologie. Und in den Abendnachrichten wurde sogar ein Interview mit dem Krankenhausdirektor Dr. Paliatidis gesendet, verantwortlich zeigte sich eine Journalistin Eva Karyannis. Aber auch durch gezielte Nachfragen der Journalisten war nicht genau zu erfahren, um welches Material es sich konkret gehandelt hatte.

Tausend Fragen geistern am nächsten Tag durch die Presse. Wer und was steckt wirklich hinter diesem Überfall im Krankenhaus? Was ist ein brisant genetisches Testmaterial, das da gestohlen wurde? Wer wusste überhaupt von diesem Material im Krankenhauskeller? Vielleicht war es ein Wirtschaftsverbrechen? CIA? OMON, der russische Geheimdienst, wer kann an solch genetischem Material überhaupt Interesse haben? Alle Artikel schließen mit dem Satz: „Sachdienliche Hinweise, die zur Aufklärung dieser Tat beitragen, werden mit einem Betrag von € 500.000,-- belohnt.“

Am nächsten Morgen sitzt der Klinikleiter Dr. Paliatidis in seinem schweren Ledersessel und grübelt vor sich hin. Wer mag bloß etwas von diesem grausigen Fall gewusst haben? Wer hat was herausgefunden, ob doch jemand vom Personal gequatscht hatte? Und wer hat ausgerechnet diese abstoßenden hässlichen Wesen entwendet und zu welchem Zweck? Ob man damit nun die Klinik erpressen will? Oder waren es unzufriedene Mitarbeiter, die sich an der Krankenhaus-Leitung rächen wollten? Fragen über

Fragen und keine schlüssigen Antworten. Und wenn nicht?

Plötzlich fühlt der Professor eine klammheimliche Freude und Erleichterung, dass sich dieses grausige Teufelszeug rückstandsfrei von allein erledigt hat. Nun müssen diese schwarzen Monster nicht mehr schockgefrostet der Wissenschaft zur Verfügung gestellt werden, damit sie seziert und ihre genetische Herkunft oder ihr Wesen abgeklärt werden. Aber nun sind sie durch diesen brutalen Überfall der Wissenschaft verloren gegangen, und das entbindet sie auch vor lästigen Rückfragen über die Herkunft solch merkwürdiger Hinterlassenschaften. Sofort beschließt er, dieses unheimliche Problem endgültig aus der Welt zu schaffen. Es ist weg und niemals dagewesen, und wer etwas anderes behauptet, der lügt eben.

„Schwester Eleni, Schwester Eleni," ruft er voller Elan von seinem Schreibtisch aus ins Nebenzimmer. „Bringen Sie mir bitte sämtliche Akten und Karteikarten der letzten Woche, auch die noch nicht abgelegten, Sie wissen schon, welche ich meine. Jetzt werde ich das Telefon zu Ihnen umstellen und für die nächsten drei bis vier Stunden bitte ich, nicht mehr gestört zu werden. Auch nicht in Notfällen, ist das klar?

Sie bleiben so lange im Vorzimmer sitzen, bis ich fertig bin. Und wenn Sie dann eben Überstunden machen müssen, werde ich Ihnen diese sogar mit dem doppelten Sonntagstarif vergüten."

„Sofort Herr Doktor, sofort," sagt Schwester Eleni seufzend, die Vorgänge der letzten beiden Wochen hatte sie doch schwer mitgenommen. Es liegt ihr richtig im Magen, dass man sie zu absolutem still-schweigen verdonnert hat. Daher hatte sie sich schon fast entschlossen, darum ihren Arbeitsplatz zu kündigen.

„Und ich bitte Sie um absolutes Stillschweigen, Diskretion, ist das klar? Das hier wissen nur Sie und ich, wenn irgendetwas nach draußen dringt, werden Sie auf der Stelle entlassen, dafür werde ich persönlich sorgen."

„Selbstverständlich, Herr Direktor, selbstverständ-lich. Ich habe alle Akten zusammen hier auf den Rollentisch gelegt. Sie können sich auf mich verlassen." Sagt sie mit spitzer Stimme und zieht die gepolsterte Doppeltür hinter sich zu.

Aufatmend beugt sich der Direktor über den Aktenberg, zwölf dicke Akten mit den ganzen Patientendaten über diesen merkwürdigen Vorfall landen sofort im Schredder, die ist er erst mal los. Es folgen die Aktennotizen und Berichte der diensthabenden Ärzte und Schwestern, auch sie verschwinden im gefräßigen Aktenvernichter. Anschließend werden die Schnipsel sofort im Labor verbrannt.

So, nun muss er nur noch die längst fälligen Personalentscheidungen treffen. Die involvierten Ärzte und die Pfleger müssen sofort die Klinik verlassen, sie werden einfach von dem befreundeten Klinikum per Eilbeschluss in Neuseeland als Notmaßnahme leihweise angefordert, zu der er die besten persönlichen Verbindungen hat. Als Grund wird das Massaker zwischen zwei feindlichen Maori-Stämmen angegeben, denen er großzügig Amtshilfe leisten wird.

Ersatzpersonal wird nicht so leicht zu beschaffen sein, aber es gibt unter den angehenden Medizinern im Polytechnikum genug hoffnungsvolle Jungärzte, die sich über diese unerwartete Chance freuen werden.

Nur die damals diensthabende Hebamme widersetzt sich der Anordnung der Klinikleitung, sie wird sofort in den Ruhestand versetzt und mit einem „Schweigegeld" und klaren Drohungen mundtot gemacht.

Er aktiviert sein Diktiergerät und spricht die entsprechenden Briefe für die betroffenen Mitarbeiter auf Band, Eleni wird sie sofort tippen und dann kann der Krankenhausbetrieb ab morgen früh wieder problemlos und ohne Störungen weitergehen. Einen derartigen Fall hat es nicht gegeben und jeder, der noch irgendein Wort über diesen Fall verlieren wird, wird sofort fristlos entlassen, jawohl.

Niemand wird dann mehr etwas von dieser scheußlichen Geschichte herausbekommen können, auch der Geheimdienst nicht, und wenn man dann zufällig doch später einmal die Täter und dieses grausige Ereignis herausfinden sollte, wird man die Journalisten schon irgendwie im Gefängnis ohne Gerichtsurteil festhalten.

Am späten Abend kann Schwester Eleni endlich ihr Büro verlassen, der Klinikdirektor verlässt fröhlich pfeifend das Haus, kauft seiner Geliebten einen großen Rosenstrauß und Champagner, steigt in seinen Porsche und rast davon. Endlich sind alle seine Sorgen auf einen Schlag beseitigt worden, das ganze Problem ist im Schredder und der Verbrennungsanlage gelandet und alle Corpi deliciti wurden von den brutalen Dieben rückstandsfrei entfernt. So ein Glückstag muss einfach gefeiert werden, so gut hat er sich schon lange nicht mehr gefühlt.

Gleichzeitig herrscht in der Raumstation große Aufregung, elf kleine Mahbatas konnten gerade noch in der letzten Sekunde gerettet werden, beinahe wären sie alle tot gewesen. Leider haben zwei der Kleinen diese Strapazen nicht überlebt, ihre toten Körperchen wurden trotzdem mitgenommen, um sie später würdevoll beerdigen zu können. Beralf vermerkt dieses traurig im elektronischen Logbuch.

Der Mannschaftsraum wird zum Babyzimmer umfunktioniert. Elf beheizbare Wärmesäckchen werden an Bord aufgehängt, aus denen nun winzig kleine schwarze wuschelige Köpfchen herausschauen, die schlapp und müde der Genesung entgegen dämmern.

Am nächsten Morgen zeigt sich, dass alle elf gute Chancen haben, durchzukommen. Mehrmals täglich werden sie mit proteinreicher Astronauten-Nahrung hochgepäppelt. „Mann, Beralf, das war Rettung in der allerletzten Sekunde, denn diese grausamen Menschenwesen hätten sie beinahe alle umgebracht.

Sieh mal, eins hat gerade die Äuglein geöffnet, es niest und sperrt das Schnäuzchen auf, ich glaube, es hat schon wieder Hunger. Mach schnell die Nahrung fertig, aber gib nicht zuviel Konzentrat hinein." Sofort öffnete eins nach dem anderen die riesigen bernsteinbraunen Augen, quarren lautstark nach Nahrung, es kann ihnen gar nicht schnell genug gehen, bis sie die Kanüle mit der warmen Flüssigkeit im Mündchen haben und sie saugen so lange gierig, bis es ihnen aus den Mäulchen quillt.

„Leben, ja das ist richtiges Leben, unsere Art ist gerettet" strahlt Beralf und hat Tränen der Rührung in den Augen. „Ja, jetzt können wir auf unseren Planeten heimkehren ich bin ja so glücklich. Ach, wenn es doch schon soweit wäre, ich kann es einfach nicht mehr abwarten."

Maroulf nickt bedächtig. „Ja, da hast du wirklich recht. Aber was blinkt denn da noch auf dem Schirm? Da ist doch noch ein Signal, ach, Moment mal, wir sind doch noch gar nicht fertig mit unserer Bergungsaktion, wir haben noch eins da unten zu abzuholen, das habe ich ja total vergessen."

„Tatsächlich, aber über das mache ich mir gar keine Sorgen, das war doch quicklebendig gewesen. Bis morgen kann es ruhig warten, kümmern wir uns lieber erst mal um diese hier, die brauchen uns Tag und Nacht, die haben noch viel nachzuholen."

„Und die beiden kleinen Toten werden wir morgen dort am Götterberg an der Schneefallgrenze beerdigen. Ich muss immer wieder weinen und es bricht mir das Herz, wenn ich daran denke, wie sie so grausam von diesen schrecklichen Erdenmüttern verstoßen und umgebracht worden sind."

„Ja, und dann nichts wie weg von diesem Planeten, auf denen es Menschenmütter gibt, die so grausam mit ihren Neugeborenen umgehen. Ach ja, und damals ging sogar in meine Planung mit ein, dass sie als Kindersatz Hunde und Katzen benutzen. Und unsere Mahbatas sind doch eindeutig viel menschenähnlicher als diese seltsam hässlichen tierischen vierbeinigen Wesen. Ich werde es einfach nie begreifen, was da Schreckliches passiert sein muss", sagt Beralf und die Tränen laufen über sein haariges Gesicht.

„Also, alle sind gut versorgt, da können wir auch schlafen gehen." Die Rakete zieht friedlich ihre Bahn im Orbit um die Erde, unbeachtet von den bösartigen Menschenwesen, zu denen sie jetzt alles Vertrauen verloren haben.

In der Hütte am Götterberg schläft das kleine schwarze Wesen friedlich in seinem Heubettchen.

Auch Eleni ist gerade ins Bett gegangen und träumt seltsame Dinge.

Thalassa, thalassa, thallassa," trällert Eleni vor sich hin und schmuggelt gerade das Heukistchen mit dem kleinen wollhaarigen Wesen aus dem Heuhaufen.

Vorsichtig sieht sie sich nach allen Seiten um, jetzt kann sie das Kleine aus seinem weichen Heukistchen holen und mit ihm spielen. „He, da bist du ja, meine Süße, ich hole dich sofort raus." Sofort streckt es ihr die kleinen Ärmchen entgegen und seine riesigen bernsteinhellen Augen strahlen fröhlich in die Welt. Zuerst bekommt sie Muttermilch zu trinken und dann wird es so lange geknuddelt, bis es vor Freude leise zu quietschen beginnt.

„Schau mal, meine Kleine, da hinten ist das Meer, thalassa, thalassa, hörst du es rauschen? Jetzt gehen wir schwimmen, ich habe meinen Badeanzug schon an, also ab ins Wasser," ruft sie laut, rennt hinunter zum Strand und wirft sich mitten ins Meer, das kleine Wesen fest vor ihre Brust gedrückt. Das aber quietscht in Angst und Panik auf, zappelt entsetzt und klammert sich krampfhaft an Eleni fest, aber sie begreift dessen Angst gar nicht.

Sie bleibt im hüfthohen Wasser stehen und lacht sich über das zappelnde und quietschende Wesen fast kaputt. „Komm schon, du musst jetzt schwimmen lernen, das kann jeder lernen, und du kannst das auch. Wer hier lebt, der muss auch schwimmen können. Ich halte dich doch fest, jetzt stell dich doch nicht so an, dir kann doch gar nichts passieren.

Kratz mich doch nicht so, aua, du tust mir weh, lass mich los," Sagt Eleni irritiert, schüttelt das panisch quietschende Wesen ab und lässt es vom Arm gleiten. Wie ein Stein geht es unter und bleibt bewegungslos unten auf dem Meeresgrund liegen. Eleni erschrickt heftig, blitzschnell taucht sie und holt das bewutlose Körperchen herauf. Aber es liegt so matt und kraftlos in ihren Händen, dass sie es heftig an sich drückt und so rennt so schnell sie kann aus dem Wasser zum Strand hinauf.

„Komm, mach die Augen auf, das habe ich doch nicht gewollt. Was mach ich denn jetzt bloß? Am besten lege ich dich erst mal auf die Seite und klopfe dir etwas auf den Rücken, du hast sicher Wasser geschluckt, und das muss alles raus."

Vorsichtig klopft sie das schlappe Körperchen ab, und nach dem zweiten Klopfen beginnt es heftig zu würgen, hustet furchtbar und erbricht grünen Schleim, und aus dem Hinterteilchen kleckert ebenfalls etwas heraus. Aber zum Glück hat es die Augen weit geöffnet, und scheint wieder am Leben zu sein.

„Mann, du Ferkelchen, du hast mein ganzes Handtuch versaut, aber das macht nichts, das kann man ja auswaschen. Ich drehe es einfach rum, dann liegen wir nicht im Dreck.

Meine Kleine, meine Süße, was hast du mir einen Schrecken eingejagt, beinahe wärst du ja wirklich abgesoffen. Wieso kannst du denn nicht schwimmen, jedes Schäfchen und jedes Hündchen kann von Geburt an schwimmen, und warum ausgerechnet du nicht?

Warte mal, ich wärme dich mal an meinem Körper," sagt sie besorgt und legt es vorsichtig in die Sonne, die schnell das schwarze kuschelige Fellchen trocknet, und im Nu wird aus dem schwarzen schrumpeligen Wesen wieder eine schöne kleine Mahbata, deren Äuglein schon wieder unternehmungslustig in die Welt gucken.

„Morgen probieren wir es noch einmal mit dem Schwimmen," aber es protestiert quietschend, stattdessen klammert es sich heftig an Elenis warmen Körper, ihr Mündchen geht suchend über ihren Körper hinweg und sofort findet es die kleinen Brüstchen, aber jetzt kommt keine Muttermilch mehr heraus, die süße Quelle scheint plötzlich versiegt zu sein. Darüber quengelt es richtig und will sich einfach nicht beruhigen lassen.

„Was hast du denn jetzt schon wieder? Ach, du Armes, hast du solchen Hunger? Stimmt, da kommt ja wirklich keine Milch mehr heraus, was mache ich jetzt bloß? Ich werde dir gleich etwas anderes besorgen, ich werde ein Schäfchen melken und ein Fläschchen fertigmachen, das schmeckt genauso gut. Also, sei jetzt ruhig und quengele nicht so rum, sonst werde ich gleich unheimlich sauer, und das willst du doch nicht, oder?"

„Eleni, wo bist du, komm essen," ruft die Tante von der Terrasse des Häuschens herunter. „Du sollst doch nicht so lange in der Sonne bleiben, sonst bekommst du wieder Kopfschmerzen. Und den nassen Badeanzug hast du bestimmt noch an, willst du dir denn wirklich eine Nierenentzündung holen?"

„Sofort Tante, ich komme gleich," schreit sie zurück und schnappt sich das kleine vor sich hin weinende Wesen, dass laut zu quengeln beginnt, als sie es zurück ins Holzkistchen legen will.

„Ich weiß ja, dass du solchen Hunger hast, aber du musst in dein Heubettchen zurück. Es nützt gar nichts, auch wenn du dich noch so viel anklammerst, die Tante darf dich doch nicht entdecken."

„Eleni, brauchst du eine Extra-Einladung? Komm jetzt endlich, das Essen wird kalt," ruft die Tante wiederum.

„Komm jetzt, mach keine Zicken, ich verstecke dein Heubettchen im Kaiki, sofort nach dem Essen bin ich wieder bei dir, dann bekommst du ein Fläschchen Milch, du brauchst gar nicht so böse zu gucken, du bist doch meine Süße, meine Kleine, meine Allerliebste. Los, aber nun komm endlich, es hilft nichts, es muss so sein."

Hastig versteckt sie das Heubettchen im warmen Kaiki am Strand und zieht vorsichtig eine Plane darüber. „So, und nun sei bitte mucksmäuschenstill, sonst findet dich noch jemand, also bis gleich, meine Süße."

„Eleni, was machst du denn da die ganze Zeit? Das ist mein allerletztes Wort, wir warten nicht mehr mit dem Essen auf dich."

„Ja, Tante Evtichia, ich komme ja schon," schreit sie und rennt schnell hinauf zum Haus.

„Menschenskind Eleni, so im nassen Badeanzug kannst du nicht zum Tisch kommen, schnell, zieh dich um, hier sind deine Sachen, und dann wäschst du dir die Hände, die stinken. Hast du etwa in Kuhscheiße gefasst? Aber du warst doch eben im Wasser schwimmen gewesen?"

„Meine Hände sind sofort sauber, Ehrenwort. Ich ziehe mir nur schnell Jeans und Pullover an. Das riecht ja wunderbar, es gibt Hühnchen und die esse ich immer am allerliebsten bei dir," strahlt Eleni und stürmt aus dem Zimmer. Und als sie wieder hereingelaufen kommt, ruft sie: „Ich habe solchen Hunger," da guckt die Tante schon viel versöhnlicher, dem Mädel kann sie einfach nicht böse sein.

Der Vater beachtet Eleni nicht, gemütlich sitzt er am Tisch und brockt sich stoisch Brot auf den Hühnersuppen-Eintopf, zieht pustend ein Hühnerbeinchen aus der Suppe, entfernt den Knochen und lässt das Fleisch auf den Teller fallen. Dann macht er sich stumm darüber her, füllt sich wieder den Teller bis zum Rand und scheint mit sich und der Welt im Frieden zu sein.

„Hurra, Tante, dein Essen ist das allerbeste," bemerkt Eleni fröhlich kauend. „Gibst du mir das Rezept, damit ich es zu Hause nachkochen kann?"

„Aber das ist doch ganz einfach, du wirfst einfach ein gutes fettes Hühnchen in einen großen Topf mit Wasser, dazu viel Suppengemüse und Petersilie, dann wird es ein bis zwei Stündchen auf dem Herd geschmurgelt," Sagt Tante Evtichia und füllt sich zufrieden ihren Teller.

„Das werde ich bestimmt bald ausprobieren. Ja, Vater, ich weiß, ich soll am Essenstisch nicht so viel reden, aber bald kann ich dir eine richtige Hühnersuppe kochen."

„Und wenn du doch weißt, dass ich es nicht leiden kann, warum hältst du dich dann nicht dran und hältst die Klappe? Plappernde Kinder gehen mir auf die Nerven." knurrt der Vater böse.

„Komm, lass das Kind in Ruhe. Ich weiß nicht, ob es auf Dauer gut ist, dass Eleni so völlig ohne Spielgefährten und ohne Mutter bei dir da oben in der Einsamkeit aufwachsen muss. Ich denke, Eleni muss mehr unter Menschen kommen, sonst wird sie wunderlich so allein unter Ziegen. Mit wem kann das Kind überhaupt reden, wenn nicht mit dir? Und wieso geht sie eigentlich nicht mehr zur Schule? Sie ist doch ein kluges Mädchen, und mit 12 Jahren muss jedes Kind zur Schule gehen, oder?"

„Evtichia, misch dich bitte nicht in meine Angelegenheiten ein, Eleni ist vier Jahre zur Schule gegangen, und das hatte ihr überhaupt nichts gebracht. Wenn sie mehr als Lesen und schreiben lernen will, werde ich ihr das schon beizeiten beibringen. Ich bin schließlich ihr Vater. Wir brauchen keine anderen Menschen,und vor allem keine Frau, und das Kind wird schon nicht wunderlich, so ein Blödsinn." sagt er starrsinnig und guckt Eleni und die Tante böse an.

Eleni starrt traurig auf ihren Teller, der Appetit ist ihr längst vergangen. Wenn der Vater jetzt böse wird, ist er den ganzen Tag nicht auszuhalten. Und sie haben heute noch einen langen Heimweg vor sich, der wird bestimmt nicht schön werden.

„Und eben hat sie sogar mit einer schwarzen Puppe am Strand gespielt. Mit 12 Jahren spielt man doch nicht mehr mit Puppen, Eleni. Da siehst du mal, was du anrichtest, wenn du sie so allein aufwachsen lässt," Sagt Tante Evtichia und schüttelt vorwurfsvoll ihren grauen Kopf.

„Quatsch, Eleni hat gar keine Puppe, und eine schwarze schon gar nicht, das wüsste ich aber, sie hat keine Zeit zum spielen, bei mir wird nur gearbeitet," knurrt der Vater böse.

„Doch, doch, ich habe es vorhin genau gesehen. Sie hat die Puppe sogar mit ins Wasser genommen und die ganze Zeit mit ihr gesprochen und sie dann in eine Heukiste gelegt, ich bin doch nicht blöd, und was ich gesehen habe, habe ich gesehen." sagt die Tante störrisch.

„So, Eleni, nun sag du auch mal etwas dazu. Hast du nun eine Puppe oder hat Tante Evtichia etwas Falsches gesehen? Was hast du denn die ganze Zeit da unten am Wasser gemacht? Hat es dir die Sprache verschlagen? Du bist doch sonst nicht so störrisch," sagt der Vater streng.

„Nein, nein, ich habe gar keine Puppe mehr, ich habe nur gespielt und so getan, als ob ich eine hätte," sagt Eleni leise und starrt tränenumflort in ihren Teller. Unruhig rutscht sie auf ihrem Stuhl hin und her. Sie muss unbedingt sofort zurück zum Strand und das Heukistchen aus dem Kaiki bergen, sonst passiert noch ein Unglück. Auf gar keinen Fall darf ihr Vater misstrauisch werden.

„Soll ich dir beim Abräumen helfen?" fragt sie die Tante, aber die wehrt freundlich und bestimmt ab.

„Dazu habe ich später noch genug Zeit. Ach so, Eleni, ich habe dir ein paar Sachen von meinen Töchtern rausgesucht, die dir passen könnten. Komm mit ins Schlafzimmer, und dann probierst du etwas an, warum soll das Zeug bei mir in den Schränken rumliegen? Nun komm schon, gehen wir, und du Jorgo, mach dir einen Kafedaki, alles steht auf dem Herd. Rauch noch ein Zigarettchen, gleich sind wir wieder da.“

„Ja, Vater, und dann lade ich sofort die leeren Kisten alleine wieder auf, du brauchst dich um gar nichts zu kümmern. Ach, Tante, ich brauche wirklich unbedingt neue Klamotten, ich bin in der letzten Zeit ziemlich viel gewachsen, und bald bin ich sogar richtig erwachsen,“ sagt Eleni stolz.

„Na, mein Mädel, dann komm mal mit,“ Und Eleni erbt drei große Taschen voller Jeans, Pullover, Socken und sonstiger Dinge, die ein großes Mädchen braucht, denn die Tante hat Elenis wachsende Oberweite diskret bemerkt und ihr alles beiläufig erklärt, was sie so wissen muss. Eleni schweigt und lässt sich nichts anmerken, aber sie hat ja lange genug draußen bei ihren Tieren gelebt, da weiß sie schließlich alles aus erster Hand.

Überglücklich zieht sie mit ihrer Beute ab und verstaut sofort alles im Auto. Davor stapelt sie die leeren Holzkisten auf die Ladefläche und beinahe hätte sie das Wichtigste vergessen, ihr süßes kleines Wesen im Heubettchen. Schnell rennt sie hinunter zum Strand, das Kaiki mit der Plane liegt noch unversehrt da, Gott sei Dank. „Wo bist du, meine süße kleine Maus? Habe ich dich zu lange allein gelassen? Warum sagst du denn nichts? Ich bin es doch," flüstert Eleni erschrocken, als es nur noch ganz leise wimmert und die Augen einen kleinen Schlitz weit öffnet, die Ärmchen streckt es ihr auch nicht mehr entgegen.

„Was hast du denn?" fragt sie erschrocken, aber es dreht das Köpfchen weg, es will wohl nichts mehr von ihr wissen. Vorsichtig nimmt sie es auf, schiebt sich den Pullover hoch und drückt das matte Köpfchen an die Brust. „Komm, probier noch mal, vielleicht kommt jetzt doch noch etwas Milch heraus." Aber vergebens, das müde Mündchen bleibt leer, kein Tröpfchen kommt mehr heraus.

„Oh Mann, was soll ich bloß mit dir tun? Schlaf ein bisschen, und sofort, wenn wir zu Hause sind, bekommst du Milch und Brot, das verspreche ich dir ganz fest." Vorsichtig bettet sie das schlappe Körperchen ins Heu und deckt es sanft zu, sofort fallen ihm die Augen zu und es scheint zu schlafen. Mit dem Heukästchen unter dem Arm rennt sie zurück zum Auto und versteckt es sofort unter den leeren Käsekisten an der Fahrerkabine.

„Na, bist du endlich fertig geworden?" brummt der Vater, der gerade aus der Haustür tritt. „Dann bedank dich bei Tante Evtichia und verabschiede dich endlich. Ich will vor Sonnenuntergang zu Hause sein, die Schafe sind noch auf der Weide, die müssen wir auch noch versorgen, also beeil dich mal ein bisschen."

„Tschüs, Tante Evtichia, und danke für alles," schreit Eleni und drückt die Tante fest an sich und gibt ihr einen dicken Abschiedskuss.

„Und wenn es dir da oben zu einsam wird, dann kommst du mich einfach besuchen. Du kannst sogar mit dem Bus fahren, wenn du willst. Du brauchst nur vorher anzurufen, dann gebe ich dem Fahrer das Fahrgeld, also, pass gut auf dich auf, meine Kleine. Ich bin immer für dich da, wenn du mich brauchst.

So, und jetzt ab mit dir, viel Glück und Gottes Segen," sagt die Tante leise, denn ihr Bruder soll das nicht hören, dieser halsstarrige Querkopf. Aber der sitzt bereits am Steuer und hat den Motor schon angelassen. Als Eleni einsteigt, fährt er sofort los, sie kann noch nicht mal der Tante zum Abschied winken.

Die Sonne berührt gerade den Horizont, als das Pickup von der Hauptstraße abbiegt und über die Feldwege den Berge hinauf schleicht. Endlich sind sie wieder zu Hause angekommen. Die Schafe stehen schon brav vor dem Stall und warten, so dass Eleni nur noch das Türchen aufsperren muss, damit sie der Reihe nach hineinspazieren können. Als Eleni alle gemolken hat, herrscht schon tiefe Dunkelheit auf dem Berg.

„He, komm rein, Eleni, heute tun wir nichts mehr, die Kisten kannst du morgen früh abladen," sagt der Vater leise, es tut ihm leid, dass er zu seiner Tochter vorhin so brummig gewesen war.

„Aber Vater, ich möchte nur noch schnell die Taschen mit den neuen Klamotten von der Tante reinholen, ich freue mich doch schon so drauf, und dann kann ich schon morgen früh etwas davon anziehen," bittet Eleni.

„Na gut, aber danach kommst du sofort rein. Also lauf noch mal los zum Auto und hole sie. Aber dann ist wirklich Feierabend für heute."

Schnell rennt sie zurück zum Auto und zerrt das Heubettchen aus den leeren Kisten heraus, „Meine

Süße, meine Kleine, morgen früh kriegst du ganz bestimmt was zu essen, jetzt klappt es leider nicht mehr. Schläfst du schon? Gute Nacht bis morgen." sagt sie leise und versteckt das Bettchen an seinem gewohnten Platz im Stall, ohne noch mal nachzusehen.

Dann nimmt sich die vier großen Tüten von der Tante, und nach einigen Augenblicken steht sie wieder in der Küche.

„So, Eleni, ich gehe jetzt ins Bett, und für dich ist es auch Zeit, schlafen zu gehen. Das war ein langer Tag."

„Ach Vater, nur noch ein Momentchen, bis das Feuer heruntergebrannt ist, ich will mir doch die Sachen von der Tante ansehen."

„Hat das denn keine Zeit bis morgen, du kleiner Quälgeist? Na gut, mach, was du willst, gute Nacht und bis Morgen."

„Gute Nacht, Vater, du kriegst auch einen dicken Gutenachtkuss von mir. Gute Nacht." Der Vater ist erstaunt, das kennt er von seiner Tochter schon lange nicht mehr, aber er lässt es sich gerne gefallen. Also hat sie ihm die schlechte Laune verziehen.

Im flackernden Feuerschein probiert sie alle Sachen noch einmal an und für morgen legt sie sich die schönsten Jeans und einen kanariengelben Pullover heraus. Ach, so schöne Klamotten hatte sie schon lange nicht mehr. Die vollen Taschen stopft sie in den Kleiderschrank, der danach gar nicht mehr zugehen will, den muss sie später mal ausmisten. Dann klettert sie in ihr Bett und fällt in tiefen und traumlosen Schlummer.

Am frühen Morgen steht sie schon vor Sonnenaufgang auf, zieht sich an und rennt in den Stall, wo die Schafe und Ziegen noch schlafen. In der Hand hält sie eine Bierflasche, die sie mit etwas Schafmilch füllt, in ihrer Hosentasche steckt eine Scheibe Weißbrot, die wird sie gleich einweichen. „Mahbata, Mahbata, meine Süße Kleine, komm heraus zu mir, jetzt bekommst du endlich etwas zu essen," ruft sie fröhlich.

„He, ich bin es doch, Eleni, nun komm schon raus und sei mir nicht mehr böse wegen gestern, aber jetzt bekommst du etwas wirklich Gutes zu Essen." Aber in dem Heubettchen rührt sich nichts, keine

Ärmchen strecken sich ihr freudig entgegen. Erschrocken schält Eleni das kleine wollhaarige Wesen aus dem Heu, das Körperchen hängt ganz schlapp in ihren Händen und als sie es vorsichtig schüttelt, öffnet es die Augen nur zu einem kleinen Spalt, und schließt sie vor lauter Schwäche sofort wieder.

„Oha, meine Kleine, du darfst nicht krank sein," flüstert Eleni erschrocken. Das Scheibchen hartes Brot nimmt sie in den Mund, kaut es durch und spuckt sich den Brei auf die Hand, nimmt einen Fingervoll und schmiert es in das unwillige Mündchen, aber es will immer wieder den Kopf wegdrehen.

„Mahbata, meine Süße, das schmeckt bestimmt gut, probier es doch wenigstens mal," flüstert Eleni verzweifelt, aber nichts passiert, ganz schlapp und erschöpft liegt es in ihren Armen. Aber sie gibt nicht auf und probiert es immer weiter, und auf einmal sieht sie an dem dünnen Hälschen eine kleine Schluckbewegung, plötzlich geht ein Ruck durch das kleine Wesen, die Äuglein sperrt es weit auf, und hastig schluckt und würgt es den ganzen Rest Brot hinunter.

„Na, siehst du, ich lasse dich doch nicht verhungern. So, und jetzt kriegst du noch

Schafmilch aus der Flasche, dann geht's dir gleich wieder viel besser, pass mal auf." Flüstert Eleni liebevoll und wirklich, es trinkt die Milch in kleinen Schlucken aus dem Schnuller und dann lehnt es sich schläfrig zurück.

„Komm, nimm noch etwas Milch, du kannst doch noch was vertragen, die Flasche ist doch noch gar nicht alle," Es trinkt noch ein Schlückchen und nach einer halbe Stunde ist es wieder richtig munter geworden, lässt sich liebevoll knuddeln und herumschaukeln, und dann wird es sorgfältig wieder in der Holzkiste verpackt. Sofort schließt es die Augen und schläft tief ein, jetzt ist es wieder warm, satt und zufrieden.

„Ich bin ja so froh, dass du wieder munter bist. Also, nun schlaf gut, meine Süße, meine Kleine, in zwei Stunden bin ich wieder bei dir, versprochen."

Fröhlich und gut gelaunt rennt sie zurück zur Hütte, und tritt genau in dem Moment ein, als der Vater hereingestapft kommt und sich am Kochherd zu schaffen macht, um Kaffee zu kochen. „Guten Morgen, Eleni, nanu, wieso bist du denn schon draußen gewesen? Heute haben wir viel Arbeit."

„Guten Morgen, Vater, aber ich musste heute einfach die Sonne aufgehen sehen, Mann, habe ich einen Hunger, ich hole das Brot aus dem Kasten, dann können wir gleich frühstücken. Hast du schon Wasser für meinen Tee aufgesetzt? Ich melke danach gleich die Tiere, um die brauchst du dich nicht zu kümmern."

„Nein, wir haben keine Zeit zum Frühstücken. Räum zuerst die leeren Kisten aus dem Auto. Ich muss nämlich gleich wegfahren, tanken und einkaufen, wir haben auch kein Brot mehr. In ein paar Stunden bin ich wieder da."

„Fährst du runter nach Katerini? Darf ich mitfahren?"

„Besser nicht, Eleni, ich bin ja nicht lange weg. Soll ich dir etwas besonderes aus Katerini mitbringen? Ich habe heute meinen spendablen Tag. Du darfst dir etwas wünschen."

„Vielleicht etwas Süßes? Und wenn ich mit der ganzen Arbeit fertig bin, mache ich mir einen schönen gemütlichen Nachmittag."

„Tu das, mein Kind, tu das ruhig. Und melke die Schafe nicht zu spät, hörst du?"

„Na klar, alles klar doch. Chairete, Vater, Chairete." Schreit sie hinter ihm her, als er mit seinem klapprigen Pickup den Feldweg hinunter zur Straße fährt und an der nächsten Biegung verschwunden ist.

Aufatmend holt sich Eleni eine Decke und breitet sie in der Sonne auf. Jetzt kann sie mit ihrem kleinen Liebling endlich in der Sonne spielen. Sie ahnt nicht, dass gerade weit über der Erde ein Raumschiff durch den Orbit rast, unsichtbar für das menschliche Auge.

„Wir müssen dringend etwas unternehmen, Maroulf, ich habe gerade einen Notruf vom letzten Mahbata empfangen, es hatte gerade eine lebensbedrohliche Krise überstanden. Diese unverantwortliche Menschenmutter hat es ins eiskalte Meer geworfen, dabei wäre es beinahe ertrunken. Warum hat das ausgerechnet diese Menschenmutter getan, die doch sonst immer alles richtig gemacht hatte?"

„Aber sie schadet damit dem Kleinen, warum tut sie so einem winzig kleinen Wesen so etwas schlimmes an? Außerdem stimmt die Ernährung nicht mehr, es hat seit zwei Tagen keine Muttermilch mehr erhalten, sondern Tiermilch und irgendetwas pflanzliches, das hat ihm zwar gerade das Leben gerettet, sonst wäre es verhungert. Zum Glück sind jetzt alle Werte wieder im normalen Bereich, aber bald wird solche Nahrung nicht ausreichend sein.“

„Darum sollten wir es sofort bergen, dann könnten wir alle Kleinen zusammen pflegen. Ach, dieses leichtsinnige Menschenwesen, beinahe hätte sie wieder durch ihre grobe Unachtsamkeit ein wertvolles Wesen vernichtet. Gut, dass wir morgen den Heimweg antreten werden, mir reichen diese Katastrophen mit den herzlosen Menschen da unten.“

„Ja, auch ich möchte endlich weg von diesem Planeten mit diesen primitiven menschlichen Barbaren ohne Sinn, Herz und Verstand, was haben sie nur für eine gleichgültige Einstellung zu ihrem Nachwuchs. Warum leben sie überhaupt und wem sind sie auf dieser Erde nützlich, wenn nicht nur sich selbst? Alles, was ich bis jetzt von ihnen gesehen habe, finde ich ihr Verhalten nicht nachahmenswert oder vielversprechend.“

„Da hast du wirklich recht, aber was machen wir mit dieser Menschenmutter? Sie war schließlich die Einzige, die sich bis auf dieses eine Mal menschen- und brutgerecht verhalten hatte, wie wir es erwartet und vorbestimmt hatten. Und als ich gerade eben noch die kognitive Intelligenz dieses letzten Mahbatas getestet habe, konnte ich feststellen, dass es sogar schon viele positive und auch menschliche Denkstrukturen aufgebaut hat, es kann sogar menschliche Worte nachsprechen."

„Dann sollten wir die beiden besser nicht trennen, das würde zu großen Verlustängsten bei dem Kleinen führen, denn die Bindungsfähigkeit ist schon viel zu weit fortgeschritten. Am besten nehmen wir diese Menschenmutter einfach mit auf unseren Planeten, als Experiment sozusagen, vielleicht können wir ja noch etwas von ihr lernen. Und außerdem ist sie noch sehr jung für menschliche Verhältnisse, sie wird bestimmt noch lange leben und kann uns für die Zukunft nur nützlich sein."

„Ich habe gerade unsere Startkonditionen für den Rückflug durchgerechnet, wenn wir morgen bei Sonnenaufgang starten, können wir die Schwerkraft der Erde am besten überwinden. Dann sind wir nach zwei Stunden der Milchstraße am nächsten, und die Anziehungskraft reißt uns durch die Schwerkraftfalle des Pluto-Nebels in die richtige Bahn. Glücklicherweise haben wir genug Trockentreibstoff dabei."

„Also bleibt uns nicht mehr viel Zeit für die Bergung, denn die Sonne steht schon ziemlich tief am Himmel."

„Sollen wir sie nicht lieber fragen, ob sie freiwillig mit uns kommen will? Und wenn sie nicht will, entführen wir sie dann? Wer lebt sonst noch bei ihr, der uns vielleicht daran hindern kann?"

„Nur ihr Vater, aber der kümmert sich nicht viel um sie, sie muss ganz allein bei den Tieren arbeiten, sogar das Kleine hält sie dort im Stall versteckt. Nur ihr eigener Vater ist eine Gefahr für das Kleine, ein wichtiger Aspekt, den wir nicht vernachlässigen dürfen. Vielleicht will sie sogar gerne weg von ihrem Vater, denn der ist nicht allzu freundlich zu ihr."

„ich denke, dass wir direkt das Betäubungsmittel anwenden, das ist am schonendsten und macht die wenigsten Probleme bei einer sonst notwendigen Verständigung. Wir träufeln etwas Rapt auf eine Maske, die wir ihr direkt vor der Nase und dem Mund festbinden, so können wir später auch am besten nachdosieren."

„Aber vorher werden wir unsere traurige Pflicht erfüllen und unsere beiden kleinen Opfer an der Schneegrenze des Götterberges würdig beerdigen."

„Das macht mich so traurig. Ich habe aber schon alles vorbereitet und einen schönen Platz ausgemacht, wo sie in die Richtung der aufgehenden Sonne sehen können. Also bringen wir es endlich hinter uns."

Eleni war fleißig, hat die Schafe gemolken, die Milch versorgt, die Küche aufgeräumt und jetzt hat sie endlich frei. Befreit rennt sie zum Stall, wo ihr verborgener Schatz in seinem Heubettchen schläft. „So, meine Süße, meine Kleine, hier bin ich wieder, der Vater ist gerade mit seinem Pickup weggefahren, jetzt habe ich viel Zeit für dich. Komm mal raus. Mann, du bist ja schon richtig schwer geworden in der letzten Zeit.

Weißt du was, wir setzen uns da hinten unter die Platane, das ist doch ein wunderschöner Platz für ein Picknick im Grünen. Hier ist Sonne und etwas Schatten, ich breite jetzt die warme Decke aus, dann kannst du drauf rumkrabbeln, soviel du willst. Ich habe ich dir etwas Brot mitgebracht, das können wir wieder einweichen, und außerdem hier eine ganze Flasche Ziegenmilch. Dazu bekommst du noch einen vorgekauten Apfel," sagt Eleni heiter und lässt sich gemütlich nieder.

Das kleine Wesen kommt eifrig angekrabbelt und krallt sich mit seinen schwarzhaarigen Händchen fest an ihren Pullover und beginnt hungrig, die warme Milchquelle an ihrem Körper zu suchen.

„Lass das doch, meine Kleine, du weißt doch schon seit gestern, dass da nichts mehr rauskommt, sieh mal, hier sind Weißbrotkügelchen, die habe ich in Milch aufgeweicht, mach mal dein Schnäuzchen auf, so ist es brav, schluck es ruhig hinunter. Und ich kaue dir ein paar Apfelschnitzchen vor, schmeckt das nicht toll?

He, nun iß nicht gleich meine ganzen Finger mit auf, die brauche ich noch. So, und jetzt probieren wir es mit ein bisschen Milch, du brauchst nur daran zu saugen, haha, probiere es doch noch mal. Nicht so hastig, du musst besser aufpassen," ruft Eleni erschrocken, als es sich vor Gier verschluckt und die ganze Milch wieder ausprustet.

„Warte mal, ich klopfe dir auf den Rücken, dann kriegst du gleich wieder Luft. Und dann probieren wir das Trinken noch einmal. Siehst du, es geht schon viel besser so. Komm, nimm noch ein Brotkügelchen und ein bisschen Apfelbrei hinterher, du bist doch noch gar nicht richtig satt, oder?" und sie füttert es so lange, bis es endlich den kleinen Mund wegdreht.

„So, jetzt machst du schnell ein Bäuerchen, und dann musst du etwas lernen. Los, sag Eleni - E-l-e-n-i."

„Eleni, Eleni," quietscht es glücklich, „Mahbata, Mahbata, Mahbata."

„Was ist das für ein komisches Wort, was du da immer sagst? Was ist Mahbata? Ach, ich liebe dich so, du süßes kleines Knuddelchen," ruft Eleni und wirft es hoch in die Luft. Es quietscht glücklich und reißt erschrocken die Augen weit auf, als es wieder in Elenis Arme zurücksinkt.

„So, und nun schlafen wir ein bisschen in der Sonne. Ach ist das schön hier draußen. Komm, kuschel dich an.

„Mahbata, Mahbata, Mahbata," sprudelt es hervor, aber plötzlich schreit es aufgeregt und klammert sich erschrocken an Elenis Arm fest.

„Was hast du denn, wieso bist du plötzlich so aufgeregt? Fehlt dir was? Bist du krank oder tut dir was weh? Was willst du mir denn sagen, meine Süße? Wovor hast du denn solche Angst, ich bin doch bei dir…"

Plötzlich spürt sie nur noch einen wilden Windwirbel, dann hat sie schlagartig das Bewusstsein verloren und bevor sie auf den Boden, sinkt, wird sie weich aufgefangen. Sie hatte die beiden heranschleichenden großen Gestalten in weißen Overalls nicht bemerkt, die ihr eine Maske übergestülpt haben.

Das Kleine hat sich voller Entsetzen an ihrem Pullover festgeklammert und lässt sich nicht von Eleni trennen, schon die ersten beiden Versuche werden mit hellen und lauten Panikschreien abgewehrt, so dass die beiden Männer den Versuch sofort abbrechen. Also wickeln sie die beiden vorsichtig zusammen in die Decke und verfrachten Mutter und Kind in ein Liegebett im Raumschiff.

„Das ist der Beweis, dass der Mutterpflege-Brutinstinkt doch bei den Menschenfrauen funktioniert und so stark ist, dass er sogar schon den Charakter dieses kleinen Mahbatas total verändert hat. Diese kindliche Anhänglichkeit an die Mutter war doch ursprünglich gar nicht eingeplant worden, meinst du nicht, dass wir später irgendwelche Komplikationen erwarten müssen?"

„Vielleicht könnte diese Menschfrau alle Kleinen zusammen aufziehen? Wir werden uns bestimmt mit ihr verständigen, sieh mal, ihr Gesicht sieht sehr friedlich aus, wie sie so ruhig schläft. Und sieh mal, das Kleine klammert sich so fest an sie, ist das nicht ein rührend schönes Bild?"

„Ja, aber beim Start kann sie in diesem Bett nicht liegenbleiben, sie muss angeschnallt werden, sonst wird sie die Beschleunigung in die Umlaufbahn nicht durchstehen. Aber sie stinkt nach ihren Tieren und diese unhygienische Menschenkleidung müssen wir sofort beseitigen, die ist bestimmt voller Bakterien und Schmutz. Ihr Körper muss desinfiziert werden, und diese langen Haare müssen wir abschneiden. Hilf mir mal beim Ausziehen, ich habe schon eben einen neuen passenden Overall vorbereitet.“

„OK, aber was mache ich in der Zwischenzeit mit diesem kleinen Mahbata? Sobald es wach wird, kriegt es einen Angstanfall und quietscht sofort los, wir müssen es irgendwie ruhig stellen.“

„Wir nehmen etwas Rapt, hier ist eine kleine Kompresse, ich nehme nur zwei Tropfen. Komm, du kleines süßes Wesen, du wirst gleich schöne Träume haben, ..au, es hat mich gebissen, und es strampelt so sehr und schreit sich die Lunge aus dem Leib.“

„Beinahe hättest du es fallengelassen, jetzt pass doch auf!“

„Nun schläft es endlich, jetzt kommt es zu den anderen in Sicherheit, wir haben noch genau eine Stunde Zeit, bis die Sonne aufgeht und wir endlich starten können. Am besten betäuben wir sie alle, jedes Kleine bekommt einen Schlauch für den Sauerstoff durch die Nase gezogen. Den Transportbehälter werden wir auspolstern, dann packen wir sie der Reihe nach gut ein, so dass sie nicht verrutschen können. Der Behälter wird genau neben unseren Sitzen befestigt, und wenn wir die Pluto-Umlaufbahn erreicht haben, werden wir sie dort in Transportsäckchen an der Wand befestigen. Wie weit bist du mit der Menschenfrau?"

„Der Kopf ist geschoren und die Menschenkleidung im Konverter, aber der neue Overall ist viel zu groß. Jetzt schnallen wir sie im Notsitz fest. Nimm ein paar Tropfen Rapt, dann schläft sie ruhig. So, die ist erst mal gut versorgt."

„Nun sind die Kleinen dran, nimm sie einzeln raus und lege sie hierher, ich passe auf, dass keins runterfällt. Sind sie nicht niedlich, diese süßen Wuschelknäule? Und so munter nach all den Strapazen.

Wie gut, dass wir sie in letzter Sekunde retten konnten."

„Ich bin jetzt schon richtig stolz auf sie, das werden mal ganze Kerle und starke Frauen. Ach, endlich wieder Leben für unseren Planeten, was für ein schöner Traum. So, jetzt ein Tröpfchen Rapt auf jedes Näschen, guck mal, die schlafen so brav, an denen werden wir viel Freude haben.

Mach Platz, damit auch das letzte reinpaßt. Das von der Menschenfrau aufgezogene ist größer und schwerer als die anderen. Ich habe einen Kunststoffeckel mit passenden Löcher gebaut, so dass jedes Köpfchen herausgucken kann, dann können wir alle Reaktionen beobachten und sofort eingreifen, falls etwas Unvorhergesehenes passieren sollte."

„Sehr gut. Aber sieh mal hinaus, die Sonne steigt schon aus dem Meer auf, es wird hell. Wir müssen sofort durchstarten, sonst stimmen die Berechnungen der Umlaufbahn nicht mehr."

„Gut, also dann nichts wie weg hier, bist du angeschnallt? Achtung, ich starte jetzt durch. Weg mit dir, du hässlicher Planet Erde mit deinem Menschengewimmel, hoffentlich müssen wir dich nie mehr wiedersehen!" Die Turbinen heulen los, mit einem Feuerstoß steigt die Rakete in den Himmel, der Rückstoß presst sie in die Sitze bis kurz vor der Bewusstlosigkeit, die Sauerstoffversorgung springt an, alles funktioniert wie tausendmal vorher auch durchgecheckt. Endlich erreicht das Raumschiff die Schwerelosigkeit, jetzt wird alles viel einfacher werden.

„Hurra, hurra, wir sind endlich wieder unterwegs, ach, Beralf, ich bin so froh, dass wir es endlich geschafft habe, ich freue ich mich schon so auf unseren Heimatplaneten. Ach, endlich wieder in einer zivilisierten Welt zu sein, ich kann es kaum noch erwarten. Dieser Erdenplanet da unten mit den vielen Bergen und dem vielen Wasser ist doch ziemlich ärmlich und dürftig, und die Menschen-rasse ist grausam und zu gar nichts zu gebrauchen. ich bin froh, wenn ich endlich wieder daheim bin.“

„Noch fünfzig Minuten, dann können wir den Nachbrenner abschalten, dann sind wir in der richtigen Umlaufbahn zum Pluto-Nebel, ist das nicht wunderschön?“

„Ja, und wir haben unsere Art erhalten und gerettet. Aber trotzdem bin ich traurig, denn zu Hause wartet niemand auf uns, das wird es sehr einsam für uns werden. Wenn ich an die vielen Gräber denke, werde ich sehr traurig.

Aber zuerst werden wir bei der Landung auf unserem Planeten noch einmal Bodenproben nehmen. Wenn der Boden wirklich verseucht ist und damals diese unheimliche Krankheit ausgelöst hat, wären dies eine große Gefahr für uns alle, wenn wir wieder unseren Heimatplaneten betreten.“

„Hier sind die Werte von damals, auf der Südseite waren nirgendwo bakterielle Verunreinigungen zu entdecken. Mach dir keine Sorgen, wir werden vorsichtig sein und ich habe alles im Griff. Hast du schon die genauen Landekoordinaten festgestellt?"

„Ich habe alle Koordinaten im Rechner gespeichert, wir fliegen mit dem Autopiloten."

„Ist es nicht schön, dass wir unseren Nachwuchs gerettet haben, die werden unsere Zukunft und unser Weiterleben sichern. Darauf freue ich mich am allermeisten."

„Ja, das stimmt, erinnerst du dich noch an meine frühere Partnerin Trepinau? Ach, ich wollte ihr noch so viel sagen, und nun ist sie nicht mehr da. Meinst du, dass mich später mal irgendjemand von unseren Kleinen hier liebt und verstehen wird? Sie sind noch so klein."

„Ganz bestimmt, sieh nach vorn, du kannst noch so lange leben. Mach dir keine Sorgen, denk lieber an die vielen Kleinen, die betreut werden müssen. Und die Menschenfrau ist auch ein großer Gewinn für uns. Vielleicht wird sie sogar die neue Menschenmutter unseres Volkes werden, wir werden sie lieben und verehren und ihr soll niemals Böses widerfahren."

„In unser Logbuch habe ich geschrieben, dass wir heute unsere Zeitrechnung mit Tag 1. Neu beginnen werden. So, nun haben wir die optimale Flughöhe erreicht, schalte den Nachbrenner ein, noch drei Erdentage und dann haben wir es endlich geschafft. Jetzt werden wir erst mal eine Runde schlafen."

Die Rakete zischt durch den dunklen Weltraum auf dem Weg zum Planeten Wurigan, an Bord die wertvollste Fracht des fremden Volkes, ihre Zukunft. Und mittendrin die sanft schlafende Eleni, die nicht weiß, dass ihr bisheriges zwölfjähriges Leben eine schicksalsreiche Wendung genommen hat, von der sie nicht einmal hätte träumen können.

Am Abend sucht Elenis Vater vergeblich seine Tochter. Er kann sie auch im Stall nicht finden, sein Rufen und Suchen bleibt vergeblich. Als er aus der Stadt zurückkam, grasten die Ziegen und Schafe friedlich verteilt wie immer in der sonnigen Bergmulde. Aber seltsamerweise hatten sich die beiden Hunde tief im Heu verkrochen, sie waren völlig verstört und wollten nicht mehr hinauskommen, so sehr er auch an ihren Halsbändern reißt.

Er rennt wie kopflos zu den Weiden, zum Brunnen, aber in der beginnenden Dunkelheit kann er nichts erkennen, auch hier ist seine Eleni nicht. Tief beunruhigt alarmiert er noch in der Nacht die Nachbarschaft, dann die Polizei, aber sie bleibt unauffindbar und nirgendwo gibt es verdächtig Spuren eines möglichen Verbrechens.

Die Hütehunde benehmen sich auch am nächsten Tag immer noch merkwürdig, sie weigern sich, in die Nähe der alten Platane zu gehen. Als er darauf aufmerksam wird und neugierig nachsehen geht, findet er direkt neben der Platane einen schwarzen Brandfleck, direkt daneben eine umgefallene Holzkiste, die mit Heu gepolstert war, und ein rot-geringeltes Söckchen Elenis, dass sie gestern von ihrer Tante geschenkt bekommen hatte. Wie eine Reliquie nimmt er es und steckt es weinend in seine Jackentasche.

Eine Hundertschaft wird angefordert und sucht tagelang das gesamte Gelände am Olymp ab, aber Eleni ist wie vom Erdboden verschwunden. Die Fahndung wird bis nach Thessaloniki ausgeweitet, vielleicht könnte das Mädchen ja weggelaufen sein?

Aber der Vater behauptet steif und fest, dass nichts von ihrer Kleidung fehlen würde, außerdem säße der kleine Teddy noch da, den sie immer bei sich trägt, wenn sie mal länger das Haus verlassen hätte. Und er hätte auch keinen Streit mit seiner Tochter gehabt, dass irgendein Weglaufen ausgelöst hätte.

Die Wochen vergehen, aber Eleni bleibt spurlos verschwunden. Plötzlich behaupteten böse Stimmen, er hätte seine Tochter, die sowieso etwas meschugge wäre, um die Ecke gebracht, um sie endlich los zu werden.

Daraufhin wird er in polizeilichen Gewahrsam gebracht und drei Tage festgehalten und verhört, er soll endlich gestehen, wo er sie vergraben hat, aber er sitzt nur sprachlos und stumm vor den Polizisten, schüttelt den Kopf und weint fassungslos, dass es nicht mit anzusehen ist. Also lassen sie ihn wieder frei, aber sie behalten ihn im Auge, vielleicht werden sie später doch noch auf einen Hinweis stoßen, wer weiß?

Nun ist ihm vollkommen klar, dass irgendjemand seine Eleni entführt haben muss. Wer war hier gewesen, wer bloß kann das getan haben und warum? „Meine Kleine, hoffentlich bist du noch am Leben und es geht dir gut. Ich denke so oft an dich, wo bist du nur? Was ist dir geschehen? Ich brauche dich doch, warum hast du mich so allein gelassen?" Stammelt er dauernd vor sich hin, dabei kann er seine Tränen nicht mehr zurückhalten.

Noch Wochen später irrt der Vater traurig mit seiner Herde durch das Gelände, erst jetzt begreift er langsam, was er an seiner Tochter hatte, und wenn er daran denkt, wie freundlich und liebevoll sie immer zu ihm war, laufen ihm die Tränen über das zerfurchte Gesicht. Jetzt ist er ganz allein und sein Leben erscheint ihm so sinnlos ohne sein Kind.

Er ist fromm geworden und betet viel. Jeden Abend zündet er eine Kerze vor der Ikone der Muttergottes an, nur die kann ihm jetzt noch helfen.

„Maroulf, was ist los? Wann sind wir endlich zu Hause? Es kann doch nicht mehr weit sein."

„Die Menschenfrau ist wach geworden und wir haben kein Rapt mehr. Was tun wir mit ihr? Sie ist sehr unruhig und redet andauernd etwas und schreit und weint. Sie hat uns schließlich noch nie gesehen, unser Erscheinen wird ein großer Schock für sie sein."

„Am besten zeigen wir ihr erst das kleine Mahbata, das sie aufgezogen hat und legen es ihr in den Arm, das wird ihr die erste Angst nehmen und dann spreche mit ihr über den Teleprator, sonst versteht sie mich ja nicht. Mach dir mal keine Sorgen."

Eleni reißt die Augen erschrocken auf, als sie direkt vor ihrer Nase ein laut schreiendes schwarz-wolliges Wesen entdeckt. „Nanu, dich kenne ich doch, du bist doch meine Süße, nun schrei doch nicht so, ich bin ja bei dir."

Das Geschrei verstummt augenblicklich, es blinzelt kurz, der Mund klappt zu, dann geht ein Ruck durch das kleine Wesen. „Mahbata, Mahbata, Eleni, Eleni, thalassa, thalassa," quietscht es vergnügt los und robbt eifrig auf Eleni zu, die es liebevoll in die Arme schließt und ihm sanft über das Köpfchen streicht.

„Eia popeia, meine Süße Kleine, nun weine doch nicht mehr. Ich bin ja bei dir, aber hast du auch solche Angst? Hier sieht alles so fremd aus. Wo sind wir hier? Wie sind wir bloß hierhergekommen? Warum habe ich so schwere Sachen an, ich kann mich ja kaum bewegen. Meine Kleine, du brauchst dich nicht so anzuklammern, wir sind jetzt wieder zu zweit, dir passiert schon nichts, ich beschütze dich doch."

Plötzlich hört sie ein seltsames Geräusch direkt hinter sich. Als sie sich hastig umdreht, sieht sie zwei riesengroße schwarze Gestalten in weißen Overalls mit riesengroßen braunen Augen, die abwartend im Hintergrund stehen und ihr beschwichtigende und freundliche Zeichen machen.

„Hilfe, wer seid ihr denn? Wo kommt ihr plötzlich her? Oh Gott, was mache ich jetzt bloß? He, was wollt ihr von mir, ich schreie, wenn ihr mir irgendetwas antun wollt. Hast du die auch gesehen, meine Kleine?"

Die beiden Gestalten bleiben nah vor ihr stehen und reichen ihr etwas, das wie ein Kopfhörer aussieht und bedeuten ihr, dass sie ihn aufsetzen soll. Dann legen ihren Arm auf ihr Herz und jeder sagt mit sehr freundlicher, sanft klingender Stimme: „Maruolf" und „Beralf". Sie haben genauso riesengroße honigbraune Augen wie das kleine Mahbata auf ihrem Arm, sie sind ihm wirklich etwas ähnlich, auch sie sind vollkommen schwarz behaart.

Eleni begreift schnell, dass es hier irgendeinen Zusammenhang geben muss und dass diese beiden ihr bestimmt nichts antun werden. „So heißt ihr? Ich heiße Eleni, aber was wollt ihr von mir und wo bin ich hier? Nun sagt mir endlich, was passiert ist und warum ich hier bin."

Die beiden Gestalten nicken ihr besänftigend zu. Einer greift vorsichtig ihre Hand, das Kleine auf Elenis Arm beginnt vor Angst los zu kreischen, sofort lässt er sie los und bedeutet ihr mit einer Kopfbewegung, mitzukommen. Also schlurft sie brav in ihrem viel zu großen Overall hinterher, das Kleine ist sofort in ihren Ausschnitt geklettert und nur das kleine Köpfchen schaut oben heraus.

Im Nebenraum wird sie sanft in einen Sessel vor einem eingeschalteten Monitor gedrückt. Beide deuten auf den Bildschirm und staunend erkennt Eleni den Olymp von oben, ihr Haus, ihre Wiesen, ihre Tiere und sogar sich selber mit dem kleinen Mahbata im Heubettchen. „Oh, das bin ja ich, und der Olymp, meine Heimat und mein Papa war da gerade auch zu sehen. Warum zeigst du mir das alles? Ihr habt mich entführt, ich will sofort zurück nach Hause, sofort, hörst du?" Eleni ist verzweifelt, wieso hat sie von alledem nichts mitbekommen? Völlig hilflos beginnt sie, zu weinen.

Beralf hatte das vorausgeahnt, aber er drückt vorsichtig ihren Arm und will ihr klarmachen, dass sie hier wirklich dringend gebraucht wird. Umständlich zeigt er auf den Schirm, auf dem ein großes rosafarbenes Gebäude erscheint, das Eleni vollkommen unbekannt ist. Davor laufen viele Menschen herum, einige rennen panisch in dem Gebäude herum, jemand fällt auf die Erde und bleibt liegen.

Das Bild wechselt und auf einer Großaufnahme sieht man viele kleine schwarzwollige Wesen wie ihre Mahbata, aber sie liegen schlaff und wie tot in einer Metallschublade. Zwei riesige weiße Gestalten erscheinen und die schlaffen Körper der Kleinen werden vorsichtig in ein großes Laken gelegt und weggetragen.

Dann sieht man wieder die Flure hin- und herwanken, das Gebäude draußen und davor rennt eine riesige Menschenmenge schreiend durcheinander. Plötzlich sieht man viele Gebäude von oben, die immer kleiner werden, es sieht genauso aus, als ob man aus einem Flugzeug herausschaut, das geradewegs in den Himmel rasen würde. So etwas hatte Eleni schon einmal bei ihrer Tante im Fernsehen gesehen.

„Oh, so viele Kleine, aber warum haben die in der Metallschublade gelegen, sind die denn alle tot gewesen? Das ist ja furchtbar, was ist denn da passiert? Haben das etwa die Leute in dem großen Haus getan?“ schreit Eleni laut und springt entsetzt auf, so dass das kleine Mahbata sich gerade noch festklammern konnte, sonst wäre es heruntergefallen. Es quietscht ganz empört auf, diese ruppige Art ist sie nicht gewöhnt.

„Los, nun sag schon endlich was. Wer bringt so süße kleine Wesen um? Was? Ich verstehe dich nicht, ich kann doch keine fremden Sprachen. Ja gut, dann gehen wir in einen anderen Raum, du willst mir noch etwas zeigen, oder?“

Das große Wesen nickt heftig und Eleni geht brav neben ihm in den Nebenraum zurück. „Aber was ist denn da an der Wand passiert? Die waren eben noch nicht da gewesen. Mahbata, guck mal, da an der Wand hängen lauter so kleine süße Wesen wie du. Kennst du die vielleicht? Ach, jetzt begreife ich, das sind ja die Kleinen, die da so tot in der Schublade rumlagen, habt ihr die etwa alle gerettet? Was trinken die denn da? Die Fläschchen sehen wie kleine Infusionsgeräte aus."

Freundlich lächelnd bedeuten sie Eleni, dass sie ihr Kleines auch in das leere Säckchen stecken soll. „Ach, wie praktisch, da können sie sich beim Trinken gegenseitig angucken. Komm, meine Kleine, du bekommst Gesellschaft, und dann kriegst du auch dein Fläschchen." Aber die Kleine dreht angewidert den Kopf weg, die neuen Mitbewohner scheinen sie nicht zu freuen und schmiegt sich eng unter Elenis Arm.

„Nun komm schon, du sollst es doch genauso gut wie die anderen haben. Na, du bist aber sehr eigensinnig, willst du etwa verhungern oder was ist los mit dir? Ja, ich habe kapiert, du willst auf meinem Arm bleiben, nun hör schon auf zu schreien. Also, her mit dem Fläschchen, was ist denn da drin, das sieht ja ganz rosa aus? Ach, egal, wenn es dir schmeckt, dann nichts wie rein damit."

Eleni nimmt das Fläschchen und steckt es dem Kleinen in den gierigen Mund. Es schnauft nur kurz und heftig, als es mit einem einzigen Zug die Flasche leert, dann öffnet es kurz die Augen und quakt kurz auf, aber dann wird es unruhig.

„Na, jetzt hast du Bauchgrimmen, kein Wunder, wenn du so gierig trinkst. Warte mal, ich massiere dir dein Bäuchlein, dann machst du ein Rülpserchen, und dann…. Das Kleine reckt sich kräftig und drückt die Augen fest zusammen. Aus dem Hinterteilchen schießt wie ein Wasserfall eine dunkelgrüne Ladung heraus, so dass sie über und über damit bespritzt wird.

„IIIhh, du altes Ferkel, das musste aber nicht sein,“ sagt Eleni tadelnd, aber als es das bestürzte Gesichtchen sieht, muss sie furchtbar über dieses Missgeschick lachen. Die Großen lachen brüllend los und schlagen sich auf die Schenkel.

„Nun hört schon auf zu lachen, helft mir lieber mal und nehmt mir dieses kleine Mistviechen mal ab. Wo kann ich das abwaschen? Das Zeug stinkt ja fürchterlich.“

Mit Fingerspitzen wird sie in ein Badezimmer dirigiert und man bedeutet ihr, sich auszuziehen, die schmutzigen Sachen in einen Sack zu werfen und dann unter die laufende Deckendusche zu gehen. Das kleine Wesen brüllt heftig aus ihrem Bett nach ihr, aber Eleni duscht ausgiebig, so warmes duftendes Wasser gab es ja noch nicht mal bei der Tante und die hat schon ein supertolles neues Badezimmer.

Als sie aus der Dusche heraussteigt, tritt ein lauer Wind aus der Wand, der sie in Windeseile trocknet. Gut gelaunt tritt sie vor den Spiegel, aber dann fährt sie erschrocken zurück. „Ich habe ja eine Glatze, wo sind denn meine Haare geblieben? Wer hat das gemacht? Ich bin doch kein Schaf, das man scheren kann," schreit sie laut auf, gerade in dem Augenblick, als ihr jemand neue Kleidungsstücke hereinreicht, und sofort wieder lautlos verschwinden will. „He, jetzt bleib erst mal hier und sag mir, was ihr mit mir gemacht habt? Seid ihr denn ganz verrückt geworden?"

Das Wesen guckt erstaunt, kommt herein und zeigt auf seinen eigenen Kopf, der genauso haarlos ist. „Ach, und darum habt ihr sie einfach abgeschnitten? Mann, so kann ich nicht unter Menschen gehen, ich brauche sofort eine Mütze. Bitte besorg mir sofort eine Mütze." Der Große guckt sie freundlich an und streichelt ganz vorsichtig über ihren nackten Kopf und dann bedeutet er ihr, sich endlich anzuziehen.

„Nun ja, was passiert ist, ist passiert, die Haare wachsen bestimmt bald wieder nach." Schnell zieht sie sich einen dünnen hellblauen Overall über, dicke Socken und seltsame silberne Stiefelchen. „Na ja, dann brauch ich mich ja auch nicht mehr zu kämmen, das kann ja auch Vorteile haben.

Wo bist du denn, meine Kleine?" ruft sie und beginnt, im Bett nach dem kleinen Wesen zu suchen, aber es ist nicht mehr da. Sie sieht zur Wand, richtig, da hängt das Kleine brav neben den anderen in seinem warmen Säckchen, das Köpfchen leicht geneigt, es schläft, genau wie die anderen fest und zufrieden.

„Na, das ist ja eine Überraschung, alle schlafen und sind gut versorgt. Dann kann ich mir ja alles hier mal in Ruhe ansehen." Eleni geht neugierig in den Nachbarraum, wo die beiden weißen Gestalten vor ihren Monitoren sitzen. Sie springen sofort auf und zeigen ihr einen breiten Sitz, wo sie sich hinsetzen soll. „Ich habe furchtbaren Hunger und Durst, habt ihr etwas zu essen und zu trinken? Ich könnte ein ganzes Schwein aufessen."

Das haben die beiden sofort verstanden, lachen laut auf und zaubern aus einer Wand einen großen Becher mit schäumender Flüssigkeit, die nach

Vanille riecht. „Oh, vielen Dank, das riecht aber gut, und das schmeckt, mh, wunderbar." Eleni trinkt es mit einem Zug leer und reicht den leeren Becher zurück, das Getränk hat sie sofort pappsatt gemacht. „Und jetzt bin ich furchtbar müde geworden, ich glaube, ich möchte schlafen gehen."

Die beiden lachen freundlich und bedeuten ihr, wieder in das Nebenzimmer zu gehen, wo die Kleinen friedlich schlafend in ihren Hängebettchen liegen.

Ganz hinten im Raum schaut sie durch ein Bullauge, aber draußen ist überall nur tiefste Schwärze und tausende Sterne zu sehen. Sie muss also wirklich in einem Raumschiff sein. Wie ist sie nur hier hineingekommen?

Im Halbdunkel leuchtet ein heimeliges Lämpchen neben ihrem Bett. Es ist zwar ungewohnt, aber trotzdem sauber, weich und flauschig, da kann sie sich gemütlich ausstrecken und sich hinein kuscheln. „Ach, mein lieber Papa, hoffentlich geht es dir gut," sind ihre letzten Gedanken, dann ist sie sofort fest eingeschlafen.

„Mahbata, Eleni, thalassa, Eleni, Eleni," von irgendwoher hört Eleni ein zartes Stimmchen.

„Was hast du gerade gesagt? Ach, das ist ja meine Süße, guten Morgen, wo steckst du denn? Tatsächlich, da bist du ja in deinem Hängesäckchen. Hast du auch so gut geschlafen? Soll ich dich raus heben? Willst du? Ja, du streckst mir deine Ärmchen entgegen, du bist aber auch zu knuddelig. Du bist zum Küssen, hmm."

Aber plötzlich ertönen noch viel mehr Stimmchen, „thalassa, Eleni. Mahbata."

„He, ihr Süßen, ihr seid ja auch schon wach, wollt ihr etwa alle gleichzeitig raus zu mir? Wie soll ich das denn machen?" Alle Stimmchen piepsen durcheinander, rudern aufgeregt mit den Ärmchen und strampeln aufgeregt in ihren Säckchen herum.

„Oh, da habe ich eine sehr gute Idee," lacht Eleni und zieht einfach ihre Zudecke auf die Erde, hebt eins nach dem anderen vorsichtig heraus und am Schluss krabbeln 12 schwarze Wollknäuel durcheinander, bilden Haufen und purzeln übereinander, so dass Eleni darüber immer wieder hell auflachen muss.

Sie hat gar nicht bemerkt, dass Beralf inzwischen mit einem Flaschenkorb im Rahmen steht und gebannt und verzückt auf diese lustige Szene guckt. Als Eleni ihn endlich bemerkt, begreift sie sofort, dass das Frühstück für die Kleinen da ist. Er bedeutet ihr, sie alle erst wieder zurück in ihre Säckchen zu stecken.

„Na, dann mal los," sagt sie lachend und schnappt sich das erste, das aber sofort protestierend zu kreischen beginnt. „He, ihr dürft nicht streiken, sonst kriegt ihr kein Frühstück."

Beralf lacht belustigt auf, dann fasst er vorsichtig mit seinen riesigen Händen einen Kleinen, der kratzt und beißt und zappelt und will sich von ihm nicht aufnehmen lassen. Erschrocken lässt er ihn wieder auf den Boden fallen. „Der will also auch nicht. Was nun? Können sie nicht hier ihre Flasche trinken? Na, ihr Süßen, guckt mal, was ich hier habe, wer will zuerst so ein Fläschchen?"

Das scheinen sie sofort begriffen zu haben, nun will jeder der erste sein, sie balgen und knuffen sich aufgeregt quakend um die Flaschen. „So, ihr Rabauken, einer nach dem anderen kommt dran. So, hinlegen, Flasche rein, na also, es geht doch, ihr Rasselbande."

Endlich liegen sie glücklich schmatzend auf dem Rücken und trinken mit verzückten Gesichtchen ihre Flasche leer, wie sie mit Armen und Beinchen die Flaschen halten und die unbedeckten kleinen Hinterteilchen in die Luft strecken.

Erst, als eines nach dem anderen die leere Flasche zufrieden grunzend aus der Hand legt, ahnt Eleni, was gleich danach kommen wird. „Schnell, gleich geht etwas ab, und wenn die das alle gleichzeitig machen, ist das ganze Bett versaut. Wir brauchen sofort eine Unterlage." Ruft Eleni und schnappt sich das erste und hält es vom Bett weg, als schon die unvermeidlichen grünen Köttelchen auf den Boden fallen. Sie schnappt sich das zweite, dritte, vierte. Die anderen springen hinzu und machen es ihr nach.

Am Schluss ist das Bett halbwegs sauber geblieben, aber ringsumher ist alles mit grünen Köttelchen übersät. Die Kleinen werden plötzlich still und gucken zufrieden und müde, jetzt lässt sich jedes problemlos in seinem Hängesäckchen verstauen. Dort fallen ihnen sofort die Augen zu und in wenigen Augenblicken sind sie fest und friedlich eingeschlafen.

„Na, da müssen wir uns aber vor der nächsten Mahlzeit etwas anderes überlegen, ich brauche viele neue weiche Tücher, Bettzeug, einen Eimer, Wasser und einen Schrubber, dann kriegen wir das ganz schnell wieder hin. Könnt ihr mir das besorgen?" Beralf und Maroulf gucken sich erschrocken an, Elenis Wunsch ist ihnen vollkommen unverständlich. „Wasser, Schrubber, putzen, das versteht ihr doch, oder?" fragt Eleni insistierend, aber sie schütteln nur immer wieder abwehrend den Kopf.

Stattdessen nehmen sie Eleni bei der Hand und stehen vor einer Stahltür, die mit einem leisen Klick automatisch aufspringt und stehen in einem winzig kleinen Raum. „Hier ist aber nichts zum Saubermachen drin. Und was ist das da?" fragt sie enttäuscht und zeigt auf einen weißen, seltsamen Haufen auf dem Boden.

Beralf nickt kurz, dann tippt etwas in eine mitgebrachte Fernbedienung ein. Plötzlich geht ein Ruck durch das Weiße, eine grüne Lampe leuchtet auf, dann blinken zwei blaue Punkte und eine kleine weiße Kunststoffgestalt hat sich plötzlich vor ihnen aufgebaut. „Basrob, Basrob," schnarrt es aus ihm heraus.

„Ist da drin etwa ein Mensch?" fragt Eleni, die entsetzt einen Schritt zurückgewichen ist. Die Großen biegen sich vor Lachen und können gar nicht mehr aufhören. Das Maschinenwesen schnarrt immer wieder: „Basrob, Basrob," und hält Eleni demonstrativ seine Metallhand entgegen.

Langsam wird Eleni sauer, sie begreift überhaupt nichts. „Los, nun sagt schon, was ich jetzt machen muss. Ich braucht nicht so blöd zu lachen, denn solche Metallmenschen kenne ich nicht."

Beralf tippt auf seiner Fernbedienung, das Maschinenwesen dreht sich und kommt auf ihn zu, „Basrob", Basrob," Beralf schüttelt ihm die Hand und sagt „Wurga", es antwortet „Wurga" und fragt etwas, Beralf antwortet ihm und er scheint ihm irgendwelche Anweisungen zu geben. Mit einem weiteren „Wurga" saust los und ist mit einem „dudelidu" „dudelidu" um die Ecke verschwunden.

„Das ist ja ein seltsames Ding. Wo ist es denn jetzt hingefahren?" fragt Eleni staunend und Beralf zeigt stumm auf das Nebenzimmer.

„Meinst du, es ist in unser Zimmer gefahren? Lass uns mal nachgucken gehen, ob er da wirklich auch angekommen ist." Die beiden Großen nicken ernsthaft und als sie auf das Kinderzimmer zugehen, schlägt ihnen schon von weitem ein zarter Zitronenduft entgegen. An der offenen Tür angekommen, sehen sie, wie der Basrob eifrig hin-

und herfährt und dabei eine feuchte duftende Spur auf dem Boden hinterlässt. Schnell ist alles blitzsauber geworden, sogar die Bettdecke hat er automatisch neu bezogen.

„So, und nun noch weiche Tücher, ungefähr in dieser Größe. Gibt es hier so etwas ähnliches?" Alle gucken erstaunt und ungläubig, dann tippt Beralf etwas in eine Tastatur am Basrob, der sofort eifrig losrast und in Windeseile mit einer großen Rolle mit weichem Material angesaust kommt."

„Jetzt müssen wir die Kleinen wieder aus den Säckchen herausholen und ihnen eine Windel verpassen, sonst passiert das beim nächsten Mal wieder. Und stell mal diese komische Maschine ab. Die Kleinen brauchen von ihm nicht geputzt und gewaschen zu werden, er soll das sein lassen, das kann doch so eine Maschine nicht machen. Das übernehme ich gefälligst selber. Mann, die schlafen doch gerade so schön, und wenn der die dabei stört, werde ich gleich total sauer."

Beralf tippt etwas in eine Fernbedienung ein, der Basrob dreht sich um die Achse, blinkt kurz auf und schon nach ein paar Minuten hat er einen großen Haufen weißer Tücher produziert. Dann verschwindet er und beginnt eifrig, das ganze Raumschiff von innen zu putzen. Zwischendurch lässt er immer sein lustiges „dudelidu“, „dudelidu“ ertönen.

„Oh, da hast du aber mitgedacht, da sind sogar Schlaufen dran, damit kann man die Windeln am Körperchen befestigen. Das erleichtert mir die Arbeit ungemein.“ Lachend nimmt sie ein kleines, schlafendes Wesen aus seinem Säckchen und verpasst ihm eine schöne, weiße Windel.“

Schnell ist sie mit ihrer Arbeit fertiggeworden, alle Kleinen sind gut versorgt und jetzt spürt sie heftigen Hunger. Vielleicht haben die da draußen etwas Essbares für sie. „Ich habe jetzt Hunger und Durst, frühstückt ihr denn nie?“ Sofort springen sie auf und bedeuten ihr, mitzukommen.

Im Nebenraum wird sie in einen bequemen Drehsessel gedrückt, in dem sie fast versinkt. Eifrig drückt einer auf eine Taste in der Wand, und mit einem leisen Tuten kommt ein Becher mit schäumender Flüssigkeit, die einen wunderbaren Duft verströmt.

„Hm, das ist ja genau wie gestern, ein Becher voll und man ist sofort pappsatt, das ist ja sehr praktisch. Danke, heute schmeckt er wie Kakao, das mag ich sowieso immer am liebsten. Und was machen wir jetzt?“

Einer drückt Eleni einen winzigen Kopfhörer in die Hand und bedeutet ihr, ihn aufzusetzen. Dann setzt er sich an einen kleinen Flachbildschirm und tippt eifrig etwas auf einer kleinen Tastatur herum.

„Hörst du etwas? Kannst du mich jetzt verstehen? Das ist ein Sprachtransmitter, mit dem kannst du alle meine Gedanken lesen, ohne dass ich sie aussprechen muss. Und umgekehrt funktioniert es genauso. Bist du einverstanden?" sagt er eindringlich und nickt heftig mit dem Kopf.

„Dann können wir ja endlich miteinander reden. Warum habt ihr mich entführt, und warum sind wir hier in diesem Raumschiff? Wie weit sind wir weg von zu Hause? Ich will sofort wieder zurück zu meinem Papa. Der wird sich bestimmt große Sorgen machen, wenn ich nicht mehr da bin. Ich wäre niemals freiwillig mit euch mitgegangen." sagt Eleni und beißt sich heftig auf die Lippen, um nicht los zu weinen, so fremd und verloren fühlt sie sich plötzlich.

„Eleni, versteh doch, die Kleinen brauchen dich. Sieh mal, zu zweit schaffen wir es nicht. Bald landen wir auf unserem Planeten und dort wird es sehr schön für uns alle werden. Du bist sehr wichtig für uns, du wirst für sie eine gute Mutter genau wie auf der Erde sein.

Glaub uns doch, wir sind friedliche Wesen, genau wie ihr Menschenwesen, und wir wollen doch nur mit unserem Nachwuchs eine Zukunft auf unserem Planeten Wurigan haben. Ohne sie sind wir verloren. Und dich lieben wir ganz besonders, weil du uns ein kleines Wesen zur Welt gebracht hast und es auch liebst. Willst du es denn nicht aufwachsen sehen?"

„Das stimmt ja alles, aber irgendwann will ich unbedingt wieder zurück zur Erde, ich habe doch jetzt schon so großes Heimweh nach meinem Papa und meinem Zuhause, könnt ihr das denn nicht verstehen?

Warum wollt ihr denn nicht auf die Erde mitkommen? In meiner Heimat wüsste ich eine Menge schöner Orte und Plätze, wo wir alle glücklich und zufrieden zusammen leben könnten. Ich könnte euch alles erklären und wir könnten es uns doch da auch schön machen?"

„Aber auf der Erde gibt es schon viel zu viele Menschen, viel zu viele Krankheiten und so schlechte Luft. Außerdem sind diese Menschen unsere Feinde geworden, sie haben kein Herz und keinen Verstand. Sie sind grausam und töten ihre Kleinen, das haben wir doch alles selbst erlebt. Denk nur mal, wie sie mit unseren Kleinen umgegangen sind. Nein, ich glaube nicht, dass wir jemals Freunde werden können, wir sind viel zu verschieden und sie sind nicht tolerant genug, ja, sie würden uns bestimmt sofort angreifen und töten."

„Aber so schlimm sind die Menschen doch gar nicht. Das war damals doch bestimmt nur ein Missverständnis. Natürlich kann ich mir vorstellen, dass ihr ihnen zuerst furchtbar fremd seid, aber vielleicht könnte ich ja vorher mit ihnen sprechen, ich kenne so viele freundliche Leute, und wenn ich denen alles richtig erkläre, werden sie eure Lage bestimmt verstehen und dort werdet ihr bestimmt auch friedlich leben können."

„Nein, Eleni, wir haben alles ausprobiert, diese Erdbewohner sind wirklich sehr fremdenfeindlich eingestellt. Wir können jetzt nur noch zurück zu unserem Heimatplaneten, um dort einen Neuanfang zu machen. Wie das genau gehen wird, ist zwar auch noch nicht alles ganz geklärt, aber schon bald werden wir dort landen. Du wirst eine schöne neue Heimat finden, vertrau uns doch. Wir werden dich immer achten und lieben und alle deine Wünsche erfüllen. Wir sind doch auf deine Hilfe angewiesen, wir sind doch nur Männer, die gar nichts von Aufzucht von Kleinen wissen.

Und wenn du dann später unbedingt wieder zurück willst, werden wir sofort wieder unseren Shuttle startklar machen und dich heimbringen. Das versprechen wir dir hoch und heilig."

„Na gut, das will ich euch glauben. Ich bin erst mal einverstanden. Aber für immer werde ich ganz bestimmt nicht bei euch bleiben. Soll ich jetzt mal nach den Kleinen sehen?"

„Sie schlafen noch. Bleib lieber noch hier bei uns. Sieh mal auf den Monitor, da draußen ist gleich ein neuer Planet zu sehen. Wir peilen gerade den Planeten Wega an, daran richten wir unseren Weiterflug aus und direkt dahinter liegt unser Planet Wurigan. Dort ist die Wega, sie blinkt gelb, siehst du das?"

„Meinst du den gelben Punkt da, oder den hellen daneben, der blinkt auch."

„Oh, was ist das. Beralf, sieh mal, da ist ein neuer Planet oder, nein, das ist ein unbekanntes Flugobjekt und es hält direkt auf uns zu. Es kommt aus der Richtung unseres Heimatplaneten. Das ist aber eine Riesenüberraschung, ob es bemannt ist?"

„Ich peile es mal an. Oh, schnell, auf unserem Zentralrechner kommt eine Nachricht an, sieh mal diese zackigen Amplituden auf dem Display, die kommen mir vollkommen unbekannt vor. Was kann das sein? Hoffentlich nichts gefährliches. Richte mal das Empfangsgerät besser aus und dreh lauter am Empfang, sonst versteht man ja gar nichts."

„Achtung, Achtung! Könnt ihr uns jetzt besser hören?" Der Lautsprecher knattert etwas, aber dann hören sie Worte, die aus unvorstellbarer astronomischer Ferne zu kommen scheinen, aber trotzdem, sie sind für alle gut verständlich.

„Hallo, Hallo, hallo, bitte melden, wir haben jetzt eure Frequenz angepeilt, bitte melden." schreien Maroulf und Berwalk gleichzeitig aufgeregt in die Mikrophone. „Hallo, hallo, gibt es Lebewesen in eurem Raumschiff, könnt ihr uns endlich hören? Wir haben euch gerade geortet. Wer seid ihr und was ist euer Ziel?"

„Unser Heimatplanet heißt Glykonur, er liegt im Sonnensystem Patriarch weit jenseits des Alpha Centaurii. Gerade eben erst hatten wir eure Nachricht empfangen und euer Kurs gab uns Rätsel auf. Was ist das Ziel eurer Reise? Seid ihr in Not? Können wir euch irgendwie helfen? Wir wünschen uns einen positiven freundschaftlichen Kontakt mit eurer Mannschaft, denn wir sind friedliebende Wesen."

„Jetzt bin ich aber vollkommen fassungslos. Warum haben wir eure Nachricht gerade jetzt empfangen? Wir sind auf dem Weg zu unserem Heimatplaneten Wurigan. Welche Entfernung trennen uns voneinander?"

„Das kann ich euch leicht erklären, wir haben gerade ein neues, hocheffizientes Funknetz aufgebaut, das sogar große Distanzen überbrücken kann. Wir haben nur friedliche Absichten und suchen Kontakt mit vernunftbegabten Wesen im ganzen Orbit." Die Frequenz erlischt, nur das Display blinkt und blinkt.

„Warum ist der Kontakt denn abgebrochen? Maroulf, das ist ja eine Riesen-Sensation. Sie kommen von Glykonur im Sonnensystem Patriarch weit jenseits des Alpha Centaurii. Das ist unvorstellbar weit weg. Hättest du damit gerechnet, ausgerechnet hier auf Fremde zu stoßen?"

„Lass uns lieber vorsichtiger sein, denn wir beginnen gerade erst wieder, auf unserem Planeten unsere Art wieder neu zu beleben, und gerade die Kleinen dürfen wir jetzt nicht gefährden. Wer weiß, was die wirklich im Schilde führen? Ich kann mir friedliche Absichten von Fremden einfach nicht mehr vorstellen."

„Aber glaubst du wirklich, dass diese Fremden nur friedliche Absichten haben? Die Frau klang irgendwie sehr sympathisch und ehrlich. Sieh mal, das Display blinkt wieder, drück schnell auf die Empfangstaste."

Die freundliche Frauenstimme von vorhin sagt klar und deutlich: „Achtung, Achtung! Wir senden neue transgalaktische Informationen vom Raumschiff des Planeten Glykonur! Jetzt steht die Leitung wieder, könnt ihr uns jetzt hören? Wir möchten nochmals betonen, dass wir wirklich nur friedliche Absichten haben, und suchen Kontakt mit vernunftbegabten Wesen im Orbit. Euer Heimatplanet ist Wurigan? Habe ich das richtig verstanden?"

„Ja, Wurigan im Sternbild Larousen. Mit friedlichen Wesen möchten wir gerne Kontakt aufnehmen. Wir sind einfach fassungslos, dass wir ausgerechnet jetzt im All auf ein fremdes Raumschiff mit einer fremden Art treffen. Das macht uns sehr glücklich. Wir haben viele Fragen, …. Mann Beralf, was machst du denn da? Der Kontakt ist zusammengebrochen,…...dreh noch mal an der Frequenz…." Schreit Maroulf, aber aus der Leitung ertönt nur noch tiefes Rauschen. „Los, versuch noch mal auf ihrer Frequenz zu senden, mach schon."

Aber so sehr sie sich bemühen, es gelingt ihnen einfach nicht mehr, den Kontakt zum Raumschiff von Glykonur wieder herzustellen. „Die werden sich bestimmt bald wieder bei uns melden, aber lass uns lieber weitermachen, wir haben noch viel zu tun."

„Oh, die Kleinen sind wach geworden, ich glaube, sie haben schon wieder Hunger, soll ich hingehen? Wo sind die Fläschchen? Hast du welche vorbereitet?"

„Alles fertig", sagt Beralf und zeigt auf das Tragegestell mit 11 Fläschchen, das gerade mit einem leisen Tuten aus einer Wandschublade gekommen war.

„Das ist ja super, dann kann ich ja die kleinen Raubtiere füttern gehen. Hallo, ihr Süßen, habt ihr denn solchen Hunger, dass ihr so laut schreit?" Als Eleni den Raum betritt, werden sie schlagartig still, aber dann beginnt ihre Quengelei sofort wieder. „Wartet mal, hier ist für jeden ein Fläschchen, nun seid doch nicht so gierig, jeder bekommt eins." Schnell sind die Fläschchen verteilt und alle beginnen, sie mit einem Zug auszutrinken.

Als sie zufrieden ihre Fläschchen wegwerfen, verziehen sie ihre Gesichtchen. Zum Glück hatte Eleni jedem eine Windel verpasst, so dass jetzt alles sauber bleibt. „He, ihr sollt jetzt nicht direkt wieder einschlafen, ihr werdet erst mal gewickelt und dann spielen wir ein bisschen, ihr sollt ja schließlich etwas lernen. Also, wer ist zuerst dran?“

Alle Ärmchen strecken sich ihr auf einmal entgegen, und Eleni holt eins nach dem anderen zu Wickeln heraus und legt sie anschließend auf eine Decke am Boden. Als alle sauber und satt auf der großen Decke durcheinander wuseln, kommt der Basrob vorsichtig näher und stoppt genau vor der Decke. Überall blinken bunte Lämpchen auf und mit einem leisen „dudelidu“ beugt er sich nieder und will vorsichtig eins der Kleinen berühren. „He, lass die Kleinen zufrieden, du darfst sie nicht anfassen, du bist doch aus Plastik, die kriegen doch Angst vor dir.“ Sagt Eleni, aber der Basrob probiert es immer wieder, zupft an der Decke und schleicht sich von der anderen Seite wieder heran.

„Der soll die Kleinen zufrieden lassen,“ ruft Eleni empört, aber Beralf kommt dazu und schlichtet den Streit, indem er ein Kleines vorsichtig hochnimmt und Basrob in die Maschinenarme legt. Eleni starrt zuerst entsetzt, dann aber beginnt sie zu lachen, als sie sieht, wie sanft und vorsichtig Basrob das Kleine hin- und herwiegt und dabei leise vor sich hinbrummt. Dann kommt er auf

Eleni zugefahren und legt das Kleine vor ihr auf den Boden, das Kleine quietscht lustig, bei dieser fremdartigen Behandlung hat es noch nicht einmal das Gesichtchen verzogen.

„Oh, das habe ich ja noch nie gesehen. Danke, Basrob, jetzt brauchst du uns nicht mehr zu helfen, wir spielen nur ein bisschen. Geh ruhig wieder woanders arbeiten." Folgsam verschwindet er mit einem lustigen „dudelidu".

„So, ihr Süßen, wer will auf meinen Arm?"

„Mahbata, Mahbata, Eleni, Eleni, thalassa," hört Eleni und von allen Seiten kommen die Kleinen angekrabbelt wollen gleichzeitig auf den Arm und von ihr gekuschelt werden. Sie schubsen und drängeln, dabei maunzen sie ärgerlich, jeder will der Erste auf ihrem Arm sein." Endlich hat jedes seinen Platz gefunden und brabbeln stillvergnügt vor sich hin.

„Sagt mal Beralf. Und dann Maroulf. Könnt ihr das?" Quietschend und lachend probieren sie es aus, und es gelingt ihnen wirklich, aber nach einer Viertelstunde erlischt das Interesse, die Augen werden müde, sie kuscheln sich gemütlich aneinander und sind im Nu eingeschlafen. Auch Eleni macht es sich gemütlich und ihr fallen auch sofort die Augen zu.

Aber die Ruhe währt nicht lange, als alle von einem lauten Tuten der Alarmanlage geweckt werden. Schnell springt sie auf und läuft in den Nebenraum, wo die Monitore heftig blinken. „Was tutet da so schrecklich?"

„Ja, neue Nachrichten von Glykonur. Sind die Kleinen von dem Krach wach geworden?"

„Hoffentlich nicht. Oh ja, und warum knattert das so? Kann man das nicht deutlicher stellen? Man versteht doch gar nichts."

„Achtung, Achtung! Wir senden euch neue transgalaktische Informationen vom Raumschiff des Planeten Glykonur! Könnt ihr uns jetzt hören?" Ihre Worte kommen aus unvorstellbarer astronomischer Ferne, aber jetzt sind sie gut verständlich.

„Ja, ja, wir hören euch gut," schreien alle wild durcheinander.

„Ich hoffe, dass die Verbindung nicht wieder zusammenbricht. Wir sind Bewohner der geobiologischen Heimstatt Glykonur und verfügen über eine weltumfassende, hochzivilisierten Denkweise. Wir haben mit euch Kontakt aufgenommen, und zwar in Formen, die den Erfordernissen und der Würde beider Seiten entsprechen. Das wichtigste zuerst, wir müssen euch eine traurige Mitteilung machen, euer Planet Wurigan wurde gerade vor einer Stunde von einem großen Asteroiden getroffen und hat ihn vollkommen zerstört."

„Oh Gott, das kann nicht sein, gestern hatte ich ihn noch auf meinem Bildschirm geortet. Das ist ja furchtbar, unsere Heimat zerstört, wo sollen wir denn jetzt hin?"

„Sorgt euch nicht, wir werden bestimmt eine Lösung finden. Aber vorher möchten wir euch Informationen über unseren Planeten und seine Bewohner senden. Macht euch erst einmal vertraut mit uns und sendet dann auf der gleichen Frequenz eure Bilder."

„Oh, sieh mal, die sehen uns ziemlich ähnlich, fast wirken sie sogar wie die primitiven Menschrasse von der Erde. Sie sind ziemlich groß und tragen durchsichtige Overalls, nicht zu fassen, die sehen aber wirklich sehr gut aus, besonders die Frau hat ja tolle Proportionen. Und dazu diese hellblaue Haut und blauen langen Haare. Ihre Augen sind fliederfarben und meeresgrün, das finde ich ziemlich gewöhnungsbedürftig."

„Ein Tag auf dem Planeten Glykonur dauert achtundzwanzig Stunden, und es gibt eine ganze Reihe geobiologischer Unterschiede dieser Welt zu eurem Planeten Wurigan. Wir haben sogar die gleiche atmosphärische Lufthülle wie ihr."

„Wir möchten uns auch vorstellen, das ist Maroulf, ein Bewohner des Planeten Wurigan im Sternbild der Trauer. Und das ist Berwalk, das ist Eleni, unsere Menschenmutter, ein lieber Gast vom Planeten Erde. Und das sind unsere 11 Mahbatas, unsere geliebten Kinder, die wir gerade von der Erde gerettet hatten. Das ist ja alles so furchtbar, denn wir sind doch auf dem Rückweg zu unserem Planeten. Unsere Heimat ist zerstört, wo sollen wir jetzt nur hin? Soll das denn alles umsonst gewesen sein? Wir haben auch nicht mehr allzuviel Treibstoff, um lange im All einen neuen Heimatplaneten zu suchen."

„Wir haben das lange diskutiert und wollen euch ein Projekt auf Gegenseitigkeit anbieten. Auf unserem Planeten Glykonur haben wir alles Notwendige, kommt zu uns, wir können euch mit allen Mitteln unterstützen, eine Zukunft aufzubauen, und wie es danach weitergeht, können wir später gemeinsam entscheiden."

„Das wäre ein wunderbarer Vorschlag, aber welche Bedingungen knüpft sich an diese Hilfe? Was verlangt ihr dafür? Umsonst werdet ihr das ja wohl nicht machen wollen. Wir kennen euch doch gar nicht, kann man euch wirklich vertrauen?"

„Ihr könnt uns wirklich vertrauen, wir sind schließlich vernunftbegabte intelligente und friedliebende Wesen. Glaubt uns, von uns wird keine Gefahr für euch ausgehen. Wir wollen nur das allerbeste für euch."

„Wir haben keine andere Chance, wir müssen euch vertrauen. Also, was schlagt ihr vor, welche Ideen habt ihr? Aber bedenkt bitte, dass wir euch keinerlei Gegenleistung anbieten können."

„Können wir nicht alles persönlich besprechen? Eine Delegation aus unserem Raumschiff möchte euch besuchen. Sie möchten dies aber nicht ohne eure ausdrückliche Einwilligung tun, denn wir wollen nicht als ungebetene Gäste bei euch erscheinen. Wäret ihr auf eine solche inter-planetare Begegnung vorbereitet?"

„Das ist aber eine Überraschung, natürlich sind wir einverstanden und wir wären sehr glücklich über ein Treffen mit eurer Art. Auf jeden Fall seid ihr herzlich willkommen, wenn ihr eine technische Möglichkeit für einen Besuch seht. Wir haben keine Andockmöglichkeit an Bord, sondern nur eine winzige Luke zum Ein- und Aussteigen. Wann werdet ihr also ankommen? Müssen wir irgendetwas für die Landung vorbereiten? Sollen wir vielleicht noch unsere genauen Koordinaten übermitteln?"

„Das ist nicht notwendig. In etwa einer Stunde werden wir wieder auf euren Bildschirmen erscheinen, unsere Koordinaten sind dann leicht abzulesen. Wir umrunden eurer Raumschiff und kommen längsseits, und ihr öffnet die Luke. Für das Andocken benutzen wir einen Bergungsschlauch mit einer Schleuse, sie saugt sich automatisch an jede Metalloberfläche an. Unsere Delegation wird aus drei Personen bestehen. Lubari, Arqui und Rusark. Ach, ich freue mich schon, euch kennenzulernen."

„Jetzt bekommen wir die richtige Hilfe," strahlt Eleni und umarmt stürmisch Maroulf und Beralf, die solche ungewohnte Gesten nicht kennen und alles stocksteif über sich ergehen lassen. „Wieso freut ihr euch denn nicht?"

„Natürlich freuen wir uns sehr, aber ob unsere Entscheidung wirklich richtig war? Was ist, wenn die Fremden die Herrschaft an sich reißen und uns versklaven oder töten? Was passiert dann mit unseren Kleinen? Wir sind doch völlig wehrlos, und wir haben zur Verteidigung noch nicht mal eine einzige funktionierende Laserkanone."

„Wir sind auf fremde Hilfe angewiesen, wir haben keine Alternative! Und sie sahen doch sehr sympathisch aus und die Frau klang sehr freundlich. Das sind intelligente und vernunftbegabte Wesen, die sind bestimmt friedliebend." Beralfs Rede wird plötzlich durch die Alarmanlage unterbrochen. Auf dem Monitor erscheint ein blauer Lichtpunkt, der schnell größer wird. Ein fremdes Objekt kommt aus großer Höhe direkt auf sie zugeschossen.

„He, schnell, stell mal scharf, die kommen direkt auf uns zu. Die sind aber verdammt schnell. oh, so etwas habe ich noch nie gesehen." Aus dem blauen Blinklicht wird ein riesiges dunkelblaues Raumschiff, die Konturen sind schon gut auf dem Monitor zu sehen.

„Oh, es stürzt geradewegs auf uns zu, das sieht ja richtig unheimlich wie ein festgeklappter Rochen aus. Ich glaube, ich habe Angst," flüstert Eleni und duckt sich ängstlich.

Aber Maroulf streichelt ihr unbeholfen den Arm und sagt: „Eleni, du brauchst keine Angst zu haben, sieh mal, wie schön die grünen Lampen blinken, so einen tollen Raumgleiter haben wir gar nicht. Beralf, hast du den Funkkontakt zu ihnen aufgebaut? Stell doch mal laut, haben sie sich schon gemeldet?"

In gleichen Moment tönt eine weiche Stimme aus dem Lautsprecher: „Hier ist die Besatzung des Raumgleiters Gammata, Commander Lubari, Commander Rusark und Arqui an Bord. Wir bitten um gastliche Aufnahme in eurem Raumschiff."

„Herzlich willkommen, Commander Lubari. Euer Raumschiff sieht aber sehr fremdartig aus und ich kann keinen Eingang erkennen."

„Siehst du die vier grünen Blinklichter? Genau da werden wir gleich den Bergungsschlauch ausfahren. Wo ist eure Einstiegsluke, wir konnten sie bis jetzt noch nicht entdecken."

„Ihr seid direkt an der richtigen Stelle. Beralf wird sie sofort öffnen, es dauert nur einen Moment. Gleich werden wir euch willkommen heißen."

Dann geht alles ganz schnell. Die Fremden haben professionell ihr Raumschiff angedockt, und wenige Augenblicke später stehen sie persönlich vor ihnen, und sie sind genauso neugierig wie ihre Gastgeber. Eine blaue Frau findet direkt die richtigen Worte. „Ich bin Lubari, das ist Arqui und Lorgi vom Planeten Glykonur. Seid gegrüßt."

„Seid herzlich willkommen," stammelt Maroulf, er ist vollkommen fasziniert von der atemberaubenden blauen Schönheit mit langen Haaren mit dem silbern glitzernden vollkommen durchsichtigen Overall, die ihm so freundlich zulächelt.

„Oh, ich bin schon so neugierig auf die Kleinen, darf ich sie mir ansehen gehen?"

„Eleni zeigt sie dir und geht mit, sie ist ja die Mutter der Kleinen."

„Ja, aber sei leise, sonst wachen sie wieder auf und dann geht der Stress von vorne los." Flüstert Eleni, denn diese Frau ist ihr auf Anhieb sehr sympathisch.

Die Kleinen schlafen ruhig und zufrieden in ihren Hängesäckchen, sie haben von dem ganzen Tumult an Bord nichts mitbekommen. „Bist du die Mutter von allen Kleinen? Wie ist das zugegangen, oder darf man bei euch nicht so indiskrete Fragen stellen? Und wenn nicht, wo sind die anderen Mütter denn?"

„Nicht von allen, aber das Kleine hier ist mein eigenes Kind, meine Süße Kleine. Die hatten eine sehr aufregende Entstehungsgeschichte, aber später wird dir bestimmt Beralf oder Maroulf alles genau erzählen. Aber gehen wir lieber wieder in den Nebenraum."

„Da seid ihr ja wieder, wir haben noch viel zu besprechen." Sagt Maroulf strahlend, er scheint sich wohl auf der Stelle in diese blaue Schönheit verliebt zu haben.

„Du bist mir sehr sympathisch und ich fühle mich sehr wohl bei dir. Wir haben viel zu besprechen. Können wir uns hierher in die Kommandozentrale setzen? Haben denn alle Platz? Bitte beginnt und stellt zuerst eure Fragen, damit wir uns besser kennenlernen können."

„Eleni komm, du musst auch mit dabei sein, es ist schließlich auch deine Zukunft. Also, wie viele Bewohner gibt es auf Glykonur? Und wie lange lebt man dort? Wie vermehrt ihr euch? Habt ihr irgendwelche Götter, zu denen ihr betet?"

„Also, das Klonen haben wir inzwischen wieder aufgegeben, wir vermehren uns wieder durch Befruchtung von Bewohner zu Bewohner. Eine Schwangerschaft dauert elf Glykonur-Monate. Wir werden sehr alt, im Durchschnitt hundertdreißig, manche werden sogar bis zu zweihundert Jahre alt.

Aber die Bevölkerungszahl sinkt, denn es gibt zu wenig Nachwuchs. Dieser Bevölkerungsmangel beeinflusst schon jetzt unser gesellschaftliches Leben, auch den Wohlstand und unsere Nahrungsmittelversorgung. Wir kennen keinen Staat, keine Waffen und keinen Krieg, wir haben ein kollektives planetarisches Bewusstsein erreicht, so dass unsere Zivilisationsform die fortgeschrittenste innerhalb des für uns vorstellbaren Raums im All ist.

Nur mit unserer Bevölkerungsplanung sind wir in eine Sackgasse geraten. Darum sind wir auf der Suche nach friedlichen neuen Bewohnern im All, mit denen wir dauerhaft zusammenleben können. Sie müssen aber unseren hohen kulturellen Ansprüchen genügen. Euer Planet ist zerstört, wir bieten euch eine neue Heimat, seid also zuerst mal als Gäste willkommen auf unserem Planeten. Ihr müsst euch nicht sofort dauerhaft entscheiden, aber wir garantieren euch jedwede mögliche Start- und Lebenshilfe."

„Das ist wunderbar, aber lass uns später noch einmal darüber reden," sagt Maroulf und hält andächtig die Hand der wunderschönen blauen Frau, er kann kaum die Augen von ihr abwenden.

Beralf fragt angeregt. „Und wie erzeugt ihr Energie?"

„Wir wandeln Sonnenwärme in Elektroenergie um, und zwar mit einem sehr hohen Wirkungsgrad, außerdem synthetisieren wir Energie aus den Temperatur-schwankungen zwischen Tag und Nacht. Wir können das Klima, die gesamte Luft- und Bodenfeuchtigkeit und die Temperatur auf der Oberfläche des Planeten je nach Bedarf regulieren. Wir leben eigentlich in einem Paradies, es fehlen nur die Bewohner, sie sterben uns weg, weil wir zu wenig Nachwuchs erzeugen. Aber mit eurem Nachwuchs sieht es ja prächtig aus."

„Ja, auf unsere kleinen Mahbatas sind wir sehr stolz, aber du bist eine wundervolle Frau." Sagt Maroulf und verschlingt Lubari mit den Augen.

Alle schwatzen durcheinander, nur Eleni sitzt am Rand und fühlt sich ausgegrenzt. Loubari bemerkt zuerst Elenis Schweigen. „Eleni, du guckst so traurig, fehlt dir etwas?"

Aber die antwortet nur leise: „Ich habe solches Heimweh, außerdem passe ich doch gar nicht zu euch. Warum habt ihr mich einfach mitgeschleppt, warum habt ihr mich nicht wenigstens vorher gefragt, ob ich auch wirklich mitwollte. Ich hätte niemals ja dazu gesagt, niemals. Ich will wieder nach Hause zu meinem Papa, zurück in meine alte Heimat." und plötzlich beginnt sie zu weinen und kann gar nicht mehr damit aufhören.

„Aber du gehörst doch zu uns, die Kleinen brauchen dich, du bist doch ihre Mutter. Und du wirst es bei uns viel schöner haben als auf der hässlichen Erde, die du dein Zuhause nennst. Was willst du bei diesen grausamen Menschenwesen? Erinnere dich doch nur mal an die Rettung der Kleinen, diese Menschenwesen bringen einem doch nur Unglück. Hast du dir das auch wirklich genau überlegt oder ist das nur ein Gefühl, dass schon morgen wieder vorbei ist?"

„Ich kann Eleni gut verstehen, dass sie wieder in ihre eigene Heimat zurück will." sagt Lubark einfühlsam. „Ich habe aber eine viel bessere Idee. Lasst uns doch zuerst alle zusammen zu unserem Planeten Glykonur reisen. Mit unserem neuen Raumschiff sind wir in ein paar Stunden dort, und dann kann Eleni immer noch entscheiden, ob sie zurückwill."

„Aber dann wären wir für immer von euch abhängig. Und wenn eure anderen Bewohner uns ablehnen, was passiert dann mit uns? Wer garantiert uns für unsere Sicherheit und unser

Weiterleben? Und was ist, wenn es uns nicht bei euch gefällt, wie suchen wir uns dann eine neue Heimat? Nein, das Risiko ist viel zu groß, wir brauchen unsere Autonomie, wir müssen selbst über unsere Zukunft entscheiden können." Sagt Berwalk resolut.

„Seid doch realistisch, euer Planet ist atomisiert, ihr seid heimatlos geworden und wir haben einen großen und fast leeren Planeten und die besten technischen Voraussetzungen für ein angenehmes Leben. Wagt doch einen Neuanfang mit uns, ihr werdet als liebe Gäste in unseren Häusern leben. Die kleinen Mahbatas können mit unseren Glykonur-Kindern liebevoll zusammen aufgezogen werden. Wäre das nicht wunderbar?" fragt Lubark Maroulf, der strahlt sie nur an. Ihn hat es voll erwischt, denn er hat sich auf der Stelle in Lubark verliebt und er kann es kaum verbergen.

„Ja, lasst uns jetzt zum Planeten Glykonur fliegen, dort werdet ihr in Ruhe eine richtige Entscheidung über eure Zukunft treffen. Wir garantieren euch absolute Autonomie und Unversehrtheit und respektieren jede eurer Entscheidungen.

Und wenn euch unser Leben nicht zusagt, werden wir euch auf der Suche nach einer neuen Heimat jederzeit unterstützen. Ich schlage also vor, dass wir jetzt in unser Raumschiff umsteigen, dort ist mehr Platz und Komfort, außerdem kann es die riesige Distanz bis Glykonur leichter überbrücken."

„Aber dann müssten wir ja unser eigenes Raumschiff aufgeben. Das geht nicht, wir haben doch so viele Dinge von der Erde für Forschungszwecke gesammelt, die können wir doch nicht einfach aufgeben. Nein, da nehmen wir lieber unseren eigenen Shuttle, der ist unsere Rückversicherung für unsere Autonomie, dann können wir frei entscheiden, ob und wie lange wir bleiben wollen."

„Aber Berwalk, wir haben nur noch Treibstoff für zwei Tage und ich würde mir schon gern das neue Raumschiff und den Planeten Glykonur mal ansehen. Vielleicht kann man unser Raumschiff ankoppeln und mitnehmen?"

„Nein, das ist unmöglich. Bedenkt doch nur den riesigen Geschwindigkeitsunterschied, den würde euer Raumschiff in kürzester Zeit vollkommen zerfetzen. Wir können euch auch nicht mit eurem Treibstoff aushelfen, denn unser Antrieb funktioniert vollkommen anders, das alles ist nicht kompatibel. Lasst uns lieber überlegen, ob ihr den Krempel von der Erde wirklich mitnehmen und wissenschaftlich auswerten wollt. Was ist es denn so wichtiges, das ihr nicht entbehren könnt?"

„Hauptsächlich Pflanzen, Nahrung und Steine, dazu jede Menge gespeicherte Daten der Erde mit Klima, Beschaffenheit und Bewohnern. Wir brauchen auch viel Platz für unsere Kleinen und Eleni. Und die Nahrungsmaschine für die Versorgung der Kleinen. Auf den Basrob würde ich aber nicht verzichten wollen, denn er enthält auch viel Datenmaterial. Habt ihr wirklich so viel freien Platz? Dann sollte man das wirklich schnell überlegen."

„Doch, wir haben sehr viel Platz und einen riesigen Laderaum. Wie viel ist es denn und wieviel Zeit brauchen wir, um alles wichtige Material umzuladen?"

„Es sind bestimmt 20 Transportkisten, und in unserem Raumschiff haben wir noch fünf Mann Besatzung, die auch dabei helfen können. Vertraut uns, ihr werdet es nicht bereuen. Und das gilt auch für dich, Eleni. Sieh dir erst mal unsere Heimat an, dann kannst du immer noch entscheiden, ob du wirklich zurück zur Erde willst."

„Aber was ist mit der Dilatation, also der Zeitverschiebung zwischen All und Erde? Ihr fliegt doch mit mehrfacher Lichtgeschwindigkeit, und Eleni will doch wieder zu ihrem Vater zurück, denn ohne Bezugsperson würde sie sich auf der Erde noch viel fremder fühlen als jetzt bei uns."

„Die Dilatation ist minimal, vielleicht werden dort auf der Erde höchstens vier bis fünf Jahren vergangen sein, mehr nicht, Eleni wird sich also wieder gut zurechtfinden und ihre Angehörigen werden bestimmt noch da sein. Habt ihr die genauen Koordinaten gespeichert? Die sind wichtig, sonst können wir den genauen Landepunkt nicht eindeutig bestimmen."

„Aber Eleni, hast du denn gar keine Angst, dass dich dein Vater oder andere Erdbewohner nicht wieder aufnehmen werden, weil du bei uns im All gewesen bist? Die werden dich nach deiner Vergangenheit fragen und dir ganz bestimmt nichts glauben. Diese Menschenrasse ist ziemlich grausam, das haben wir doch alles selbst erfahren. Und das kleine Mahbata kannst du dann auch nicht mitnehmen."

„Aber wer soll denn böse auf mich sein, nur weil ich eine Zeitlang weggewesen bin? Mein Papa braucht mich doch, wir haben soviel Arbeit mit den Tieren und die schafft er doch gar nicht alleine. Vielleicht hatte der mich schon überall gesucht und vermisst? Ich war doch einfach verschwunden, der freut sich ganz bestimmt, wenn ich wieder da bin, da braucht ihr euch keine Sorgen zu machen. Wann können wir starten? Am liebsten sofort, ach, wieder zu Hause zu sein, das wäre wirklich wunderbar."

„Willst du dir nicht doch zuerst unseren Planeten Glykonur ansehen? Und willst du wirklich deine Kleinen einfach so bei uns zurücklassen? Wirst du sie nicht vermissen? Denk noch mal nach, du hast aber nicht viel Zeit."

„Nein, nein, ich will so schnell wie möglich zurück nach Hause, das ist endgültig. Gibt es denn gar keine andere Möglichkeit? Ihr seid ja lieb und nett zu mir, aber ich will wieder nach Hause zurück. Bitte." Sagt Eleni mit letzter Kraft, schlägt die Hände vors Gesicht und beginnt, zu weinen.

„Wir können doch unseren Rettungsshuttle aktivieren, mit zwei Mann Besetzung werden wir sie dann zurückbringen, ihr habt nur dann im Notfall keine Evakuierungsmöglichkeit mehr, können wir das riskieren oder nicht?"

„Rusark, was denkst du darüber? Und wie viel Zeit werdet ihr für diesen Umweg brauchen? Unser Raumschiff werdet ihr wohl nicht mehr einholen können, ist überhaupt genug Treibstoff vorhanden? Und wer von euch will diesen riskanten Flug wagen, denn im Rettungsshuttle gibt es keinerlei Verteidigungsmöglichkeiten."

„Ich bin spezialisiert auf solche Einsätze, und die Flug- und die Kontrolldaten habe ich in zwei Minuten herausbekommen. Lubari, du bist hier der Commander, du entscheidest, ob das Unternehmen so durchgeführt werden soll."

„Bringt mich bitte zurück, ich kann nicht mehr," heult Eleni, alle Tröstungsversuche prellen an ihr ab. Alle stehen ratlos herum und sind sehr traurig darüber.

„Es war keine gute Entscheidung, Eleni einfach mitzunehmen, also müssen wir die Angelegenheit so schnell wie möglich wieder in Ordnung bringen. Wer fliegt mit Rusark? Arqui, du? Bist du nicht zu jung dafür?"

„Nein, ich hätte ihn sowieso ausgewählt. So, dann lasst uns also an die Arbeit gehen."

„Einverstanden. Also, ich denke, wir sollten zuerst die Kleinen in meine Kabine herüberschaffen und Eleni hilft mir am besten dabei. Die anderen übernehmen den Rest der Umladung," sagt Lubari zu Eleni, die schlagartig mit ihrer Heulerei aufhört und nur noch einmal aufschnieft.

„Das mache ich gern, und wenn sie dabei aufwachen, ist es auch nicht so schlimm. Na, da werdet ihr aber staunen, was die für einen Krach machen können, wenn die Hunger haben." Eifrig klettern sie durch den Verbindungsgang, der das eine Raumschiff vom anderen trennt.

Die Schleuse öffnet sich lautlos und Eleni bleibt andächtig stehen und sieht sich ängstlich um. „Oh, das ist aber riesig hier drinnen, es sieht aus wie in einem Hochhaus, aber trotzdem ganz anders, total fremd. Wie kann man sich denn hier nur zurechtfinden?"

Sie werden sofort von der Mannschaft umringt, die von allen Seiten herbeikommen und sich neugierig um die Angekommenen drängeln. Alle tragen die gleichen durchsichtigen Overalls und alle haben genauso blaue Haut wie Lubari. „Willkommen, willkommen," tönt es freundlich von allen Seiten.

„Wir haben eine große Überraschung für euch, es kommen gleich viele winzige Gäste. Seht mal, das ist ihr Nachwuchs, sie heißen bei ihnen Mahbatas, sind die nicht süß? Freut euch mit uns, wir haben endlich genug Nachwuchs für Glykonur bekommen, 12 Kleine und zwei Große, ist das nicht eine wundervolle Überraschung?

Helft uns mal, wir bergen zuerst die Kleinen und dann übernehmen wir alle Fracht aus ihrem alten Raumschiff und lagern alles bei uns ein. Und dann werden wir alle zusammen sofort wieder zurück zu unserem Heimatplaneten Glykonur fliegen, ach ich freue mich schon so auf unsere Heimat." Sagt Lubari und strahlt Maroulf glücklich an, der gerade staunend neben ihr aufgetaucht ist, in jedem Arm trägt er ein Kleines. „Zuerst versorgen wir die Kleinen, also was brauchen sie zuerst?"

„Ihre Nahrung ist fertig, oh, so groß hatte ich mir euer Raumschiff nicht vorgestellt," sagt Beralf staunend.

„Gleich zeige ich euch das ganze Raumschiff, wir haben wirklich genug Platz für alle." ruft Lubari fröhlich und gemeinsam treten sie in die Kabine, die durch die Ankunft der Kleinen zum Kinderzimmer geworden ist. Schlagartig sind alle wach geworden und quaken und quengeln vor lauter Hunger durcheinander.

„Gibt es hier eine Decke für die Kleinen, zuerst müssen wir die Windeln wechseln und die alten entsorgen. Sonst gibt es nach der Fütterung eine Riesenschweinerei. Wer hilft mir mal dabei, jedes will zuerst dran sein."

„Klar, gerne, Eleni, darf ich dir helfen? Ich heiße Marbeni, oh, die sind aber süß und knuddelig," sagt ein schönes junges Mädchen lachend, das wohl ziemlich ungefähr in ihrem Alter sein muss. Vorsichtig kniet sie sich vor die Decke und schnappt sich das erste quengelnde Wesen.

„Weißt du denn überhaupt, wie das geht? Sieh mir lieber erst mal zu, dann kannst du das sofort. Oha, die Windeln sind aber ziemlich voll. Und baden müssen wir sie auch bald mal, sonst fangen sie noch an zu stinken an." Lacht Eleni und wirft die vollen Windeln in einen vorbereiteten Behälter.

„Auf Glykonur habe ich schon viele Babies versorgt, aber auf Glykonur wird alles viel einfacher organisiert sein," lacht Marbeni und hebt ein laut brüllendes Kleines sorgfältig aus seinem Transportsäckchen. „Du hast aber einen Riesenhunger, du süßes kleines Wesen."

„Och, die sind aber wirklich süß, und die gucken schon so frech," rufen alle anderen, die sich neugierig vor der offenen Kabinentür drängeln. Die Kleinen fremdeln zuerst, aber als sie die liebevollen Laute hören, lachen sie alle mit ihren strahlenden bernsteinfarbigen Augen an und ihr helles Quietschen und Lachen dringt durch das ganze Raumschiff.

„So, jetzt müssen sie schlafen, sonst drehen sie noch total durch," sagt Eleni entschlossen und die Großen gucken sie enttäuscht an.

„Ich bleibe bei ihnen und passe auf sie auf. Und für dich, Eleni, gibt es schon Neuigkeiten, das Rettungsshuttle ist startklar, verabschiede dich schnell von den Kleinen und dann kannst du bald wieder in deiner Heimat sein. Hier ist dein Raumanzug, zieh dich schnell um und dann steigst du schon um." Sagt Lubari liebevoll.

„Oh, so schnell, damit hätte ich aber nicht gerechnet." Flüstert Eleni erschrocken, so ein schneller Abschied fällt ihr jetzt aber sehr schwer, und als sie nach den ganzen Umarmungen endlich ins Raumschiff klettert, kullern ihr schon wieder ein paar Tränchen herunter. „Na, dann auf Wiedersehen, meine Lieben, ich werde euch nie vergessen, niemals. Vielleicht werden wir uns wiedersehen, wer weiß, was uns die Zukunft bringt?"

„Im Rettungsshuttle sind drei Sitze vorhanden, komm hier nach vorne und setz dich, du wirst gleich etwas zu essen und zu trinken bekommen. Von hier aus kann man am besten während unseres Fluges die Galaxien beobachten, du wirst staunen."

„Essen ist gut, ich habe nämlich furchtbaren Hunger und Durst. Was gibt es denn?"

„Unsere Nahrung wird dir ungewöhnlich schmecken, aber sie ist abwechslungsreich, gut bekömmlich und man kann sie überall und jederzeit leicht herstellen."

„Oh, das sind ja bunte Geleewürfelchen und Kräcker, macht das denn überhaupt satt?"

„Probiere es ruhig aus, na, was sagst du dazu?"

„Supertoll, danke. Das schmeckt wie Obst und im Becher ist Vanilleshake, der riecht auch wunderbar," sagt Eleni und strahlt in die Runde.

Das Raumschiff hat sich problemlos vom Mutterschiff abgekoppelt und rast mit unvorstellbarer Geschwindigkeit durch die Tiefen des Weltalls.

„Gleich wirst du den Wechsel von einem Sternsystem in ein anderes sehen," Eleni sieht gebannt, wie zahlreiche Sonnen und Monde an ihnen in überschaubaren Räumen vorüberjagen. Sie fliegen ganz nahe am Conus-Nebel vorbei, der wie ein großer Finger von rauchenden Wolken umgeben ist, passieren einige Planeten, die auf der einen Seite verdunkelt, und auf der andern erleuchtet sind.

Endlich taucht die Erdkugel am Horizont auf. Nach einiger Zeit ist sie schon so groß wie ein Autorad. Wie ein strahlender Brillant leuchtet sie im schwarzen Meer des Raums. „Eleni, sieh mal, ist die Erde von hier oben nicht wunderschön? Oh, dieses unvorstellbare Blau, es sieht so zerbrechlich wie der Kopf eines Säuglings aus. Man denkt sofort, dass alle Menschen auf der Welt da unten unsere Schwestern und Brüder sein könnten, auch wenn wir es inzwischen sehr genau wissen, dass es auf der Erde keineswegs so friedlich ist, wie es aussieht. Du hast dich also entschlossen, dorthin wieder zurückzukehren, jetzt ist es endgültig."

„Dort ist meine Heimat, ach, ich freue mich schon so auf meinen Papa," seufzt Eleni und sieht gebannt hinaus. In der Flugrichtung dämmert allmählich ein blutroter Feuerschein, der sich in der Ferne zu einem grenzenlosen Meer von Licht ergießt, sie stürmen aus der Nacht in den Tag. Und plötzlich tauchen sie in blendend klares, grenzenloses Licht. „Das ist das Licht der lieben Sonne. Jetzt dauert es nicht mehr lange bis zur Landung, gleich sind wir da." erläutert Rusark stolz.

„Ja, und jetzt sind wir in der atmosphärischen Lufthülle der Erde und sind nun ungefähr fünf- bis sechstausend Meter über der Oberfläche, sieh mal, dort sind Berge und eine große Stadt, Arqui, sind das die richtigen Lande-Koordinaten?“

„Oh, da unten sind ja alles Hochhäuser, das kann nicht richtig sein, das muss Thessaloniki sein. Nein, dort hinten am großen Berg müssen wir landen, da ist der Olymp, da bin ich zu Hause.“

„Mach dich also fertig für den Ausstieg, eigentlich wollte ich nicht bei Tageslicht landen, aber es lässt sich nicht vermeiden. Wir setzen nicht auf, und du wirst gleich draußen sein, es geht ganz schnell. So, jetzt ist es so weit, das ist der Abschied. Vergiss uns nicht.“

„Auf Wiedersehen und danke für alles, und viele Grüße an die Kleinen. Ach, irgendwie ist alles so schnell gegangen, irgendwie vermisse ich sie jetzt schon. Aber es ist doch die richtige Entscheidung gewesen.“

Ein Raumschiff rast auf die Erde zu, bremst ab und ein starker Lichtstrahl erfasst den Boden, Eleni fühlt sich hochgehoben und sanft landet sie im ersten Morgengrauen auf einem grasigen Hang. Ein Luftwirbel erfasst Eleni und wirft sie fast zu Boden. Rasend schnell verschwindet es wieder im All, Eleni starrt ihm fassungslos hinterher, dann rappelt sie sich auf und sieht sich um. Sofort erkennt sie ihre Wiese am Brunnen, nun steht sie direkt vor ihrem Haus.

Sie erschrickt, als ihr Vater herausgelaufen kommt, sich umsieht und sich wundert, warum die Hunde so fürchterlich bellen. Erstarrt bleibt er plötzlich vor einem Fremden stehen, der sich wahrscheinlich verirrt haben muss. Aber warum trägt der einen seltsam blinkenden durchsichtigen Overall? Gerade will er den Mund öffnen, als er eine sehr bekannte Stimme hört. „Papa, mein Papa, ich bin wieder da. Freust du dich?“

„Wer sind Sie? Was wollen Sie hier? Haben Sie sich verlaufen?“

„Papa, mein Papa, ich bin es doch, deine Eleni,“ ruft sie laut und wirft den schweren Helm vom Kopf.

„Eleni, das kann doch gar nicht sein. Meine Tochter Eleni ist seit vier Jahren verschwunden.

Was erzählen Sie für einen Blödsinn? Was soll das Ganze?"

„Sieh mich doch an, ich ziehe mir das schreckliche Ding hier aus, dann wirst du es genau sehen. Ich bin wieder da, Papa, ich bin so froh, du glaubst gar nicht, was ich alles erlebt habe." Schreit Eleni laut und beginnt, sich hastig den Overall abzureißen und steht nackt in der Morgensonne.

Der Vater guckt entsetzt, es ist wirklich seine Eleni. „Komm schnell rein, du erkältest dich ja. Wo warst du die ganze Zeit gewesen? Warst du weggelaufen oder hatte man dich entführt? Zieh dir etwas an, du weißt ja, wo deine Sachen sind. Ich wärme dir etwas Milch auf, dann kannst du dir Brot reinbrocken. Eleni, meine Eleni, komm her, meine Kleine," flüstert er heiser und die Tränen laufen nur so über sein Gesicht.

Eleni umarmt ihn kurz und heftig, dann rennt sie in ihr Zimmer, ach, alles ist noch genauso wie früher. Hastig kramt sie sich ein paar Kleidungsstücke heraus und zieht sie über, sie passen noch ganz genau, nur die Hosenbeine sind etwas zu kurz geworden. Schnell noch einen Pullover drüber, dann fühlt sie sich schon wieder wie zu Hause.

„Wo warst du nur gewesen, ich hatte dich so vermisst. Lass dich mal ansehen. Aber du hast dich ja gar nicht verändert, es sind vier Jahre vergangen, du müsstest doch in der Zeit mindestens etwas gewachsen sein. Warum hast du dir deine schönen Haare abgeschnitten?"

„Ach Papa, ich muss dir so viel erzählen, es ist unglaublich. Erinnerst du dich noch an das Ereignis in Katerini?"

„Ja, das war furchtbar gewesen. Aber was hat das mit deinem Verschwinden zu tun?"

„Ein paar Monate danach war plötzlich so ein kleines schwarzes Wesen bei mir gewesen, ich weiß auch nicht so genau, warum es da war und wo es hergekommen war. Und dann kam ein Raumschiff mit zwei großen schwarzen Wollhaarwesen, die hatten mich einfach entführt.

Und zwischendurch hatten sie noch elf andere Mahbatas dabei, die sie aus dem Krankenhaus in Thessaloniki gerettet hatten. Ich war ihre Mutter, dann kamen die Blauen, und die haben mich im Rettungsshuttle zur Erde zurückgebracht."

„Eleni, jetzt spinn nicht rum, hast du zu viele Science-Fiction-Filme gesehen? Also sag die Wahrheit, wo warst du die ganze Zeit gewesen?"

„Papa, meinst du denn, dass ich lüge? Nein, das ist die Wahrheit, wirklich, die Typen hatten mich entführt. Aber ich war doch nicht vier Jahre weggewesen, das waren vielleicht sechs bis sieben Tage. Aber der Rückflug zur Erde war gigantisch, so etwas tolles werde ich niemals vergessen."

„Eleni, Eleni, was mache ich bloß mit dir? Erzähl das bloß keinem Fremden, die halten dich sonst noch für verrückt und stecken dich in eine Anstalt. Na, eines Tages werde ich die ganze Wahrheit herausbekommen, aber ich habe so viel zu tun. Hilf mir lieber erst mal, die Schafe zu melken und dann überlegen wir mal weiter, ja?"

„Papa, es stimmt wirklich, guck dir doch den Overall an, der ist von der Glykonur-Besatzung, das ist doch der Beweis, ich war in einem Raumschiff unterwegs gewesen."

„Ja, dieses Dreckzeug liegt noch da draußen. Weißt du was, ich werde ihn sofort verbrennen, sonst passiert noch irgendein Unsinn damit. Geh du schon mal die Schafe melken. Keine Widerworte, sonst passiert gleich noch ein weiteres Unglück.

Ich freue mich doch so, dass du wieder da bist. Komm in meine Arme, meine Kleine, du wirst dich schnell wieder an alles hier gewöhnen. Aber jetzt raus mit dir in den Stall."

Aufatmend rennt Eleni in den Stall, es sind ganz andere als früher. Als sie nach dem Melken die beiden Hunde begrüßt, weichen sie zuerst vor ihr zurück, aber als sie sie lockt, kommen sie sofort begeistert hergesprungen und begrüßen sie wie einen alten Freund. „Na, ihr kennt mich wenigstens wieder," seufzt Eleni.

Der Vater ist entsetzt über das, was Eleni ihm nur für einen Unsinn erzählt hat. Raumschiff, Entführung, schwarze Wesen, blaue Wesen, das kann doch nicht wahr gewesen sein. Und dieser seltsame Raumanzug muss zuerst verschwinden, denn es ist wirklich der einzige Beweis für solch ein haarsträubendes Ereignis. Der Overall landet im Ofen, er will zuerst nicht brennen, aber dann verschmilzt er endlich qualmend zu einem unförmigen kleinen grauen Brocken. So, der Brocken wird vergraben, dann ist auch das erledigt.

Was soll er jetzt bloß mit dem Mädchen machen? Wenn er nicht alles geheim hält, werden sie Eleni bestimmt in eine Anstalt bringen. Das darf nie passieren, aber kann er Eleni für immer zum Schweigen bringen? Nein, das kann er nicht, aber er wird schon irgendwann die ganze Wahrheit aus ihr herausbekommen. Ihre Erzählungen glaubt er ihr aber immer noch nicht richtig.

Aber in den nächsten Tagen kann das Geheimnis nicht mehr gewahrt werden, schon als er der Polizei Elenis Wiederkehr melden muss, verwickelt sie sich bei der ersten Befragung in Widersprüche, ein hinzugezogener Arzt untersucht sie und findet keine Anhaltspunkte für ein derartiges Ereignis, höchstens, dass sie keine Jungfrau mehr ist und ein Kind geboren haben muss.

Erst einem Psychologen erzählt sie alles bei einer Hypnosesitzung diesen unglaublichen Vorfall, der verfertigt ein Protokoll, dass er dem neuen Krankenhausleiter in Thessaloniki vertraulich zur Auswertung zukommen lässt.

Der ist sofort alarmiert, denn das merkwürdige Ereignis auf dem Markt von Katerini und den Geburten der schwarzen Wesen war damals doch irgendwo durchgesickert und wegen der Vernichtung der Krankenakten wurde der alte Klinikdirektor gefeuert.

Sofort wurde die Regierung Griechenlands unterrichtet und erörterten diese unglaublichen Meldungen mit verschiedenen Wissenschaftlern in einer Krisensitzung. Es handelte sich also doch um einen dubiosen Angriff von unbekannten Wesen aus dem Weltall. Aber wie sollte man derartige

Ereignisse in der Zukunft bewerten und wie kann man sie irgendwie verhindern?

Sofort wollte die Regierung die Geheimdienste anweisen, auf dem gesamten Territorium des Geländes zwischen Katerini und Thessaloniki eine Sperrzone einzurichten. Niemand dürfte dieses Territorium verlassen, kein anderes Schiff dieses Gebietes auf mehr als fünfzig Kilometer annähern. Flugzeuge, die dieses Gebiet überflogen, sollten ihren Kurs ändern, um gegenüber dem Standort dreihundert Kilometer Mindestabstand nicht zu unterschreiten.

Diese Maßnahmen hätten bei der Bevölkerung eine Massenpanik ausgelöst. Also beschloss man, diese Akten weiterhin unter strengem Beschluss zu halten und auf keinen Fall irgendetwas der Presse mitzuteilen, Verschweigen ist vorerst der sicherste Weg. Und warum sollte sich so ein unglaublicher Vorgang noch einmal ereignen?

Aber was sollte mit Eleni geschehen? Auch dafür fanden die Verantwortlichen in aller Stille eine Lösung. Elenis Vater erhielt ein Attest, dass seine Tochter wegen zeitweiliger geistiger Verwirrung sich in den Wäldern am Olymp verlaufen hatte und wieder zurück nach Hause gefunden hatte. Ihr psychischer Zustand sei immer noch etwas labil und ihr Intelligenzquotient liegt bei 80, aber sie wird als friedlich und für die Umgebung nicht gefährlich eingestuft. Sie verfügt zwar über eine überbordende Fantasie, die aber harmlos ist und wenn sie diese Geschichten erzählt, wird ihr sowieso niemand glauben. Man beschließt, dass sie weiterhin bei ihrem Vater in ihrer vertrauten Umgebung leben kann. Der Vater wird unter Androhung einer drakonischen Strafe verpflichtet, über diesen Vorfall keinerlei Informationen an die Presse weiterzugeben.

Und so lebte Eleni viele Jahre mit ihrem Vater friedlich auf der einsamen Berghütte bei Katerini am Olymp.

Und wenn sie den wenigen Besuchern, die auf dem Weg zur Olymp-Besteigung sind, ihre fantastischen Weltraumgeschichten erzählte, denkt jeder sofort, dass sie wohl in den Jahren der Bergeinsamkeit etwas wunderlich geworden ist.